百部红色经典

光明在我们的前面

胡也频 著

北京联合出版公司
Beijing United Publishing Co.,Ltd.

图书在版编目（CIP）数据

光明在我们的前面 / 胡也频著. -- 北京：北京联合出版公司, 2021.5

（百部红色经典）

ISBN 978-7-5596-5110-5

Ⅰ.①光… Ⅱ.①胡… Ⅲ.①中篇小说—中国—现代 ②短篇小说—小说集—中国—现代 Ⅳ.①I246.7

中国版本图书馆CIP数据核字(2021)第035105号

光明在我们的前面

作　　者：胡也频
出 品 人：赵红仕
责任编辑：徐　鹏
封面设计：王　鑫

北京联合出版公司出版
（北京市西城区德外大街83号楼9层 100088）
北京新华先锋出版科技有限公司发行
涿州汇美亿浓印刷有限公司印刷　新华书店经销
字数155千字　787毫米×1092毫米　1/16　13印张
2021年5月第1版　2021年5月第1次印刷
ISBN 978-7-5596-5110-5
定价：49.00元

版权所有，侵权必究
未经许可，不得以任何方式复制或抄袭本书部分或全部内容
本书若有质量问题，请与本社图书销售中心联系调换。电话：（010）88876681-8026

出版前言

为庆祝中国共产党成立100周年,全面展现中国共产党成立以来中华民族辉煌的发展历程、取得的伟大成就和宝贵经验,集中体现中华民族的文化创造力和生命力,北京联合出版公司策划了"百部红色经典"系列丛书,希望以文学的形式唱响礼赞新中国、奋斗新时代的昂扬旋律。

本套丛书收录了近一百年来,描绘我国人民在中国共产党的领导下艰苦奋斗、开拓创新、改革开放的壮美画卷,充分展现我国社会全方位变革、反映社会现实和人民主体地位、弘扬社会主义核心价值观、讴歌中华民族伟大复兴中国梦的100部文学经典力作。

本套丛书汇集了知侠、梁晓声、老舍、李心田、李广田、王愿坚、马烽、赵树理、孙犁、冯志、杨朔、刘白羽、浩然、李劼人、高云览、邱勋、靳以、韩少功、周梅森、石钟山等近百位具有代表性的中国现当代著名作家。入选作品中，有国民革命时期探索革命道路的《革命的信仰》《中国向何去》，有描写抗日战争的《铁道游击队》《敌后武工队》《风云初记》《苦菜花》，有描绘解放战争历史画卷的《红嫂》《走向胜利》《新儿女英雄续传》，有展现新中国建设历程的《天山牧歌》《三里湾》《沸腾的群山》《激情燃烧的岁月》，有寻找和重建民族文化自信的《奠基者》，也有改革开放后反映中国社会现状、探索中国道路的《中国制造》，同时还收录了展现革命英雄人物光辉事迹的《刘胡兰传》《焦裕禄》《雷锋日记》等。

本套丛书讲述了丰富多样的中国故事，塑造了一大批深入人心的中国形象，奏响了昂扬奋进的中国旋律。这些经历了时间检验的文学作品，在艺术表现形式、文学叙述方式和创作技巧等方面都具有开拓性和创造性，作品的质量、品位、风格、内涵等方面都具有很高的水准，都是有筋骨、有道德、有温度的优秀作品，很多作家的作品都曾荣获"五个一工程奖""茅盾文学奖""鲁迅文学奖""国家图书奖"等奖项。

为将该套丛书打造成为集思想性、艺术性、时代性为一体，展现新时代文学艺术发展新风貌的精品图书，北京联合出版公司成立了由出版界、文学艺术界的资深专家和学者组成的编辑委员会。他们从文学作品的历史价值、文学价值、学术价值、现实意义等维度对作品进行了深入细致的研读和筛选，吸收并借鉴了广大读者的意见与建议，对入选作品进行深入细致的分析与综合评定，努力将"百部红色经典"系列丛书打造成为政治性、思想性和艺术性和谐统一的优秀读物，向伟大的中国共产党成立100周年这一光荣的日子献礼！

/ 目 录 /

光明在我们的前面　　// 001

中秋节　　// 156

北风里　　// 164

不能忘的影　　// 174

珍珠耳坠子　　// 180

初恋的自白　　// 187

小小的旅途　　// 193

光明在我们的前面[1]

一

  一九二五年五月，一天午后三点钟左右，在北京的马神庙街上，有一个二十六岁光景的男子，在那里走着，带点心急的神气，走进北京大学的夹道去。他穿着一套不时宜的藏青色西装，而且很旧，旧得好象是从天桥烂货摊上买来的货色，穿在身上不大相称，把裤筒高高地吊在小腿肚上，露出一大节黑色纱袜子。他的身段适中，很健壮。走路是用了许多劲，又快。那一双宽大的黑皮靴便接连地响着，靴底翻起了北京城特有的干土。他走到这狭胡同第三家，便一脚跨进大同公寓的门限，转身到左边的大院子里去了。

  院子里有一株柳树，成为被考古家所酷爱的古董，大约有一百多

---

[1] 本书收录的作品均为胡也频的代表作。其作品在字词使用和语言表达等方面均具有鲜明的时代特色。此次出版，根据作者早期版本进行编校，文字尽量保留原貌，编者基本不做更动。

年了，树干大到两抱围，还充满着青春的生命力，发着强枝和茂盛的叶子，宛如一把天然的伞似的，散满绿荫。

他觉得身上一凉快，便脱下帽子，擦去额上温温欲沁出来的汗，便站在第七号房间的门口，弯着手指向门上叩了两下。

里面问：

"谁呀？"

"我。"他立即回答，带点快乐地微笑着。

"找白华么，她不在家。"这是一种江苏女人说北京话的细软声音。

他的笑容敛迹了。但他却听出那说话的人是他的一个朋友，便问：

"是你么，珊君？"一面大胆地，把房门轻轻的推开去。

果然，站在那里的是一位女士。她好象突然从椅子上刚站起来的样子，匆忙地把一只手撑在桌上，半弯着腰肢，虽然带点仓皇，却完全是一种很美观的天然的风致。她穿的是一件在北京才时兴的旗袍，剪裁得特别仄小，差不多是裱在身上，露出了全部的线条。袍子的原料是丝织的，颜色是刺人眼睛的荷花色，这就越把她——本来就很丰满的少女——显得更象是一朵在晨光中才开的玫瑰花了。

他一眼看到她，好生惊讶，觉得这女友是真的和普通人相反，越长越年轻了。

她向他欢喜地笑着：

"哦，希坚。好久都没有看见你了，你都不到我们那里去。"

"是的，有一个月了吧。"刘希坚把帽子放到桌上去，向她笑着。"原因就是我近来变成一架机器，自己不能动。"接着他问："白华呢，你知道她到那儿去？"

"不知道。她只留个纸条,说她三点钟准回来。现在已经三点了。"

刘希坚拖过两把藤椅让她坐,自己也坐下了。他想起今天早上刚收到她的一张请客片,一张修辞得很有点文学意味的结婚喜帖,便向她笑着。

"贺喜你,"他说,却又更正了:"贺喜你们俩!但是我不知道应该怎样贺喜才好,现在正为难——"心里却想着喜帖上的文章:为神圣爱情的结晶而开始过两性的幸福生活……

她的脸上慢慢的泛红了。向他很难为情的闪了一眼,露出一个小小的笑涡,说:

"你也开玩笑么?"

"你觉得是开玩笑么?"他尊重的微笑着说:"我一接到卡片之后便开始想,可是总想不出什么好东西来,而这东西又是美的,又是艺术的,又是永久的,可以成为一个很合式的纪念品。我想这样的东西应该是有的,大约是我的头脑太不行,想不出来……你可不可以替我想一想?"

"不要送给我什么,"她老实地红着脸说:"只要你——你肯看我们——这就比什么东西都好。"

"那当然。"他接着又微笑的说:"我想,做一首诗给你们也许是很好的,可是我从没有做过诗。"他把眼睛看着她的脸——"你们是文学家,尤其你是诗人,你替我代做一首好不好?你的诗是我最喜欢读的。"

"你简直拿我开心呢,"她装做生气的样子说。同时,她又现着一种不自觉的骄傲和谦逊的神情,因为在一个很著名的文学副刊上,差不多天天登载着她的诗,有一位文坛的宿将曾称赞她是中国的女沙士比亚[1]。

"怎么，你把我看得这样的不诚实么？"

"你想得太特别了。"

"也许是的，"他又笑着盼了她一眼，"过分的欢喜会把人的感情弄成变态的。譬如这一次，我就没有理由的，只想给你们一点什么。"

"如果你喜欢诗，"她把话归到正当的题目上，"如果你还喜欢我的诗，"她自然地把声音放低了，"我明天把诗稿送给你……"可是她觉得他的思想和行动都不能证明他是一个嗜好于文学的人，便赶紧把话锋转变了，说：

"不过你喜欢读诗，也许是一时的兴致吧。"

"好的，"他正经的对她说："我们做了好几年朋友，今天才知道你对我是一切都怀疑。"他从胸袋里拿出烟盒来，抽出一枝香烟，做出很无聊似的放到嘴上去。

珊君顺手将洋火给他，向他很热情的解释说：

"我没有疑心你什么，一点也没有；并且，我也没有疑心你的必要。你自己知道，你以前并没有使我知道你也是不讨厌文学的……"

他奇怪起来了：

"你以为应该是那一种人才配喜欢文学呢？"他点燃香烟，沉重地吸了两口，把烟丝吹到空中去。"我从前告诉过你，说我不欢喜读诗么？"

她答不出适当的话，却笑了，很抱歉似的向他望了一下。

---

[1] 原文如此，今通译为莎士比亚。

"的确有许多人,"过了一会儿,她想起一个证据来说:"譬如王振伍——他是你们的同志,你不是和他很相熟么?——他就对于文学很仇视。有一次,他居然在大众之中宣布说:文学和贵族的头脑一样的没有用,应该消灭。"

"他说的是贵族文学吧,"他为他的同志解释了。"他不会说是无产阶级文学……"

"不,"她截断他的话,而且坚定的说:"不是的。他的确把'文学'看做一种玩具,看做对于人生没有功效甚至没有影响的东西。的确,象这样的人还不少呢。"

他把香烟取下来了,一面吐着烟丝一面说:

"我不敢说绝对没有那种人,但是那种人是不能作为代表的。"于是他站在社会主义的立场上,把普力汗诺夫对于文学的观念说了许多。他把他自己的意见也说出来了。他说文学在最低的限度也应该象一把铁锤。

他的见解把这位女诗人吓了一跳。"什么,象一把铁锤?"她暗暗揣摩着想,瞠然向他惊讶着。

"你不喜欢听这样的意见是不是?"他重新点燃一枝香烟,如同吸着空气似的一连吸了四五口。

"你说得太过火了。"她慢慢的说,也好象舒了一口气。

他忽然想起,他的这位玫瑰花似的女朋友,她是一个关在象牙塔里的诗人,虽然她的诗在中国新诗坛中算为最好的,但她只会做《美梦去了》和《再同我接个吻》这一类的诗。所以他觉得他刚才的话都是白说的,而且反把一种很喜悦很生动的空气弄成很严肃了。

"也许是的，"于是他又浮出微笑来说，随着便转了话锋，"唉，其实，我对于文学完全是门外汉呢。但是无论怎样，我是很喜欢读你的诗。"

她的脸也重新生动了，鲜艳，并且射出默默欢乐着的光彩——这是一种即要和爱人结婚的处女的特色。

"好，"她兴致浓郁的说，又轻轻的闪了他一眼，"如果你真的喜欢，我说过，我可以把诗稿给你……"

"谢谢你。我实在应该读一读诗，因为，我近来实在太机械了，差不多我的头脑只是一只铁轮子。"

她笑着，嘴唇要动不动地，宛如要说出什么俏皮话的样子。这时，那房门突然推开了，砰的一声大响，把整个房子都震动着。

他们的眼睛便带点惊讶地望到房门口，白华已经跳着进来了。

二

白华一进门便向她的朋友各闪了一个任情的妩媚的眼色；她的样子总是那末快乐的，永远有一种骄傲的笑意隐在眼睛里，证明她的心中是藏了许多得意的幻想。

她带点走得太快的微喘问："你们来了多久了？"接着她转过身去向着刘希坚，"你收到我的信没有？"便和他很用力的握了手。

"我就是给你送钱来的。你又到那儿去呢？"

她坐到床上了，说：

"到你不喜欢的那地方去。"说了便故意的看了他一下，一面从她胁胳中拿出一包东西，打开着，是许多影印的克鲁泡特金[1]的木刻的象。

她非常得意地把象片翻着，拿了一张给她的女同学：

"珊君，这给你。你瞧，这个样子是多么表现着伟大的思想和伟大的人格呀……你只瞧他的胡子……"

她的女同学没有答应她，只是新鲜地，惊讶地，凝视着这一位世界上惟一的无政府主义的领袖。

接着她又拿出一张来，向着刘希坚说：

"这不必给你，因为你现在是不喜欢的。"

他正在发呆似的看住她的脸——用这样的眼光去看她已经有一年多了，是当初就被她发觉的，并且也从她那里得到和这眼光同样的感觉，这成为他们俩还不曾解决的秘密。这时他忽然把眼光收转来，急促的回答：

"你怎么知道呢？"

"许多人都在说，"她突然为了她所信仰的主义而现出一点冷淡的神色。"说你把所有安那其[2]的书籍都扯去当草纸用……"

他不禁的笑了。

"他们完全造谣，"他随着尊重的解释说："无论怎样，我不会干这种无意识的事情。这种事情是多么可笑。你会相信我干出这样的事情

---

[1] 克鲁泡特金（1842—1921）：俄国人，无政府主义者，地理学家。
[2] 安那其：即安那其主义，无政府主义。

来么？"

"不过你心中只有两个偶象，"她坚执着说："马克思和列宁！……你现在是很轻视，而且很攻击安那其主义了。"接着她又说一句，"你只有马克思和列宁！"于是有点愤然的样子。

他觉得这一点有和她辩驳的必要，便开始说：

"一个人为他自己的信仰而处于斗争的地位上是正当的。你不承认么？除非是懦怯者，有人能够在敌人面前不作一声，或者低头么？并且，忠实他自己的信仰，拥护他自己的信仰，这完全没有受人指摘的理由。……"他还想再说下去，却忽然觉得他所爱着的人的脸色已经变样了，变得有点严重了，便立刻把要说出来的话压住。但他却仍然听到一种近乎急躁的声音：

"那你为什么从前又加入安那其？"

"从前我以为安那其主义可以把我们的社会弄好了。"他差不多用一种音乐上的低音来说，他只想把这论争结束了。

但是那对方的人却向他做出一种特别的表情，仿佛是在鄙屑他的答话，并且逼迫似的说：

"一个人的信仰能够常常动摇的么？"

他觉得这句话是把他完全误解了，而且还不止误解了他的思想，于是他看了她一眼，便不得已的解释说：

"白华，连你也这样的误解我么？我觉得你这样的说我，是不应该的。我自信我是很忠实于信仰的人。我的信仰不会受什么东西的动摇。但是，正因为这样，对于安那其主义，我才从热烈中得到失望，觉得那只是一些很好的理想，不是一条——至少在现在不是一条走得通的路。这是有事实可以证明的。更不必说中国的无政府党是怎样的浅薄和糊涂——而这些人是由科学的新村制度而想入非非的,他们甚至于还把抱朴子和陶潜都认为是中国安那其的先觉。"他重新谨慎的望着她——"你自然不是那样的人。因为你对于克鲁泡特金的学说是很了解的,但是我实在不明白你为什么还没有觉得,我们现实社会的转变决不是安那其主义所能为力,那乌托邦的乐园也许有实现的可能,然而假使真的实现,也必须经过纯粹的共产社会之后若干年。所以,我不能不……"最后他望着她的眼睛,几乎是盼望着同情的样子。

她不喜欢他一切都用唯物的解释,因此她仍然站在她原有的地位上,坚持着她的论调:

"这只是安那其主义比其他主义更高超的缘故。"她非常信仰的说,声音也同她的态度一样,表示着不愿被人屈服的刚强。

他不得不又继续着回答:

"那也许是的,"他的声调却越变谦和了。"不过为社会着想,需要共产主义的思想是最重要的,而且也是最迫切的。如果不能立刻救社会的垂危的病,那么无论什么高超的学说都等于空文,因为我们只能把某种思想去改造社会,不能等待着社会来印证某种思想——"

这时有一种意外的声音忽然在他们之中响起来了,他们都立刻把眼光转过一边去,射在珊君的身上。接着他们又听着:

"怎么,你们一见面便抬杠?你们把我都忘了。"

白华这才重新笑起来,恢复了她的常态,在她的脸上(虽然有点发烧),又浮泛着快乐的表情,眼睛里又隐着许多笑意……

"真对不住你,"刘希坚也微笑着向她抱歉了。"你觉得我们的争论太无趣味吧。"

她还没有回答，白华却抢着向她问：

"安那其主义不是最高超的学说么？珊君，你说呢？"显然她还保存着许多好胜的心理。

"我说不出来，"珊君俏声的回答："因为我没有看过关于安那其主义的书，"接着她又补充说："我别的社会主义的书也没有看。"

"你看不看？"白华心急的，又极其热心的宣传说："我这里有巴库林[1]和克鲁泡特金的全集……其实，你顶好看一看……你看么？"她好象立刻就要把那些书推到她身上去。

刘希坚却暗暗的想："她是只想做诗的！"

果然她拒绝了，却找出一个很委宛的理由来说：

"我是要看的，我一有工夫看便来拿。"

"忙些什么呢？"白华刚刚要这样说，忽然想到这位女同学的佳期，便改口了：

"我想你现在是很忙的。至少，"特别示意的望了她一下，"你现在是没有心情看书的。"接着几乎开玩笑了，"你现在是只有着'两性的幸福生活'呀……"并且故意把最后的一句说得大声些。

珊君的脸又飞上了一片红晕，却又抑制着说：

"别拿我开心……"同时她又悄悄的瞥了白华和刘希坚一眼。"我是把你们当做好朋友……"停一下，她就说出她到这里来的缘故了：

"密司陈她忽然有事要回家去，"她显然是不好意思的说："她那天

---

[1] 巴库林（1814—1876）：即巴枯宁，俄国早期无产阶级革命者，无政府主义者。

不能做女傧相。所以……我想你和密司王说一说，看她肯不肯？"

白华打起哈哈了。刘希坚也暗暗的好笑，联想到有一篇名做《白热的结婚》的小说。

"一定要女傧相么？"白华强忍着笑声说："好的，我明天和她说一说……"接着她又戏谑的问："还有什么事情没有？要我替你做些什么呢？"

"不敢劳驾你。不过，如果密司王不肯的话，我想你再去同密司周说，因为我同她们没有你熟。"说了便站起来预备走。

"忙什么？"白华也从床上跳下了。

"好让你们说话呀！"她含蓄的笑着说，仿佛这句话很报复了他们的谑笑一样，同时向他们流盼了一眼，便走了。

白华转过身又坐到床上去，活泼地摇着腿干，一面把克鲁泡特金的象检了起来。

刘希坚的眼睛也跟着她的动作而钉着她。他仍然从她身上得到一种愉快——这愉快的成分是很不容易分析的。并且，他今天忽然觉得她简直象一个炭画了，因为她穿的是一身黑，黑夹袄，黑裙，黑袜子，黑皮鞋……但是她比一切画着少女的炭画都美，而且生动。

他下意识的想："爱你，唉，白华！"

白华向他说话了：

"你带了多少钱来？"

他警醒了不少，便回答："十块。"

"还有没有？"

"你的信里只说十块。"

"现在不够了，"她笑着说："把你所有的钱都给我……"

"好的，"他爽然地，"不过你要对我说，是不是又拿去印那些传单？"一面把皮夹子拿出来，向桌上抖着，一共是十三块和四角辅币。

她把钱拿了。

"你没有干涉我的权利，"她朗声的说，接着她把小零头还给他："这四毛钱留给你买香烟吸……"

他没有作声，呆看着她伸过来的手，只想把嘴唇沉下去吻在那嫩白的纤细的手指上，至于作一些狂乱的事情。但他又呆看着她的手收回去了。他是只想有一个机会让他用唯物的方法去向她表示他的爱情的……

她已经坐到藤椅上了，又把椅子拖拢来，朝着他，和他挨得很近地，差不多可以听到彼此的呼吸，这举动很象她要向他说出什么秘密文件。

"我告诉你，"她的话开始了。并且她看着他，很出神的看，眼睛充满着熠熠迷人的闪光，但这闪光又含蓄着一种纯洁的原素，使人不敢妄想。

"唉，白华！"他制止着想，他的心是惶惑地动摇了。

她接着用快乐的声调说：

"世界上真有许多蠢事情呢。你不是曾认识陈昆藩么？就是那个斜眼睛！谁都知道他在十五年前——在他十四岁时候，他父亲便给他娶了亲的。人家说他的妻子可以抵过两条牛，因为她一天操劳到晚都不知道疲倦。他有三个孩子也是谁都知道的。他的大孩子已经会想法子去偷别人的甘蔗。但是他常常都在生人面前说他没有家庭，并且把他自己的年纪减小了八岁。谁相信他只有二十一？也许他自己还以为满年轻呢。他的黄头发总是浆得油腻腻的，那劣等头发水的气味，真使人一嗅了便要呕……"

她把话停住了，却分外地高兴起来，仿佛她的喉咙边还有许多更觉得可笑的话，使她当做享乐似的开心着。随后她把眼睛望着对面的人，又闪着迷人的妩媚的光彩。

刘希坚有点奇怪她的这一套话，尤其是她的这得意的神气。他觉得她简直不是和他谈话，倒是在向他描画出一个小说中的人物。他忍不住问了：

"你这样说他干什么？"

"干什么？"她笑得仰起来摇了两下头，那黑丝一般的头发便披散到脸上，从其中隐现着脸颊的颜色，就象是一些水红色牡丹花的花瓣。

"我不会为那样的人白费我的时间，"她充满着得意的，又带着天真的快乐的声音继续说："我现在说他就因为他使我觉得太可笑了。那样的人，斜眼睛，蠢猪！你想他居然做了些什么蠢事？你不知道？当然！谁都想不出。他，瞧那蠢样子，他简直见鬼了，忽然找到我——当我昨天从学校里出来的时候——他开头就说：'我在这里等了两点多钟呢。'便伸过手来想同我握。谁喜欢和他握手？我只问：'你等着你的朋友么？再见。'他忽然蠢蠢的摇一下头，把眼睛瞧着我——斜的，大约是瞧着我吧，一面说：'我只等你呵！''见你的鬼呢！'我这样想，一面给他一个很尊严的脸色，使他知道他的话是错的，不应该和冒昧的，一面冷淡的说：'等我？我们没有什么事情要说呀。好，再见！'说完我就快步的走了。可是他又蠢里蠢气的跟了来。我装做不看见，走了好远，我以为他走开了，回头一看，又看见了那双斜眼睛。我真的冒火了：'密司特陈，你这样跟着我，是不应该的，你知道么？'他却现出一副哭丧的脸，吱吱的回答说：'知道。'并且又蠢蠢的走拢来，接着说：'知道。但是——但是——''但是什么呢？'我被他的哭声觉得可笑了。'我有几句话想同你说，'他又吱吱的接下说：'我们到中央公园去说好不好？''谁愿意同你逛公园！'我气愤了。'不是逛公园。只是——只是因为这里不大——不大方便。'他的样子简直蠢极了。我只好冷冷的说：'有什么事，请说吧。'于是他就做出一种特别的蠢气，用斜眼睛呆看着我——又象是呆看着别的地方，开始说——他简直沾污了这一句话——说他爱我！我在他的脸上看一下——那样蠢得可怜——我反乐了。我忍不住笑的说：'你爱我，真的么？''真的——真的——'他仿佛就要跪下来发誓了。'你不爱你的妻子么？'我又笑着问。'不爱，一点也不爱，'他惶恐的说：'真的一点也不爱。我那里会爱她！''哼！你倒把你自己看得满不凡呢！'我一面想着一面又问：'你的小孩子呢？''也不爱。''把他们怎么办呢？'他以为满有希望似的伸过手来说：'如果——如果你——我都不爱他们。''好极了，'于是我忍不住的便给他一个教训：'你把爱情留着吧，不是前门外有许多窑子么？'说完我跳上一辆洋车了……"

她说完这故事又天真地狂笑起来，同时她的眼睛又流盼着对面的男子，仿佛是在示意："你瞧，他那配爱我？"

希坚却不觉得那个蠢人的可笑，只觉得可怜。并且为了她的生动的叙述而沉思着，觉得她很富饶文学的天才……

忽然象一种海边的浪似的声音从他的耳边飞过去了：

"你在想什么呀？"

他立刻注视到她的脸：

"想你——你写小说一定写得很好的。"

女人的天性总喜欢男子的恭维。而他的这一句话，更象她在睡觉以前吃着橘子水，甜汁汁的非常受用，便不自禁的向他望了一眼，那是又聪明，又含蓄，又柔媚的眼光啊。

他的心又开始动摇了——惶惑地，而且迷路了，但不象什么迷路的鸟儿，却是象一只轮子似的在爱情的火焰里打圈。所以他的眼睛虽然看着白华的脸，而暗中却在想："假使我向你表示呢？……"于是把她的一句"那我学音乐呢？"的问话也忽略了。

"你觉得怎样？"她接着又问。

他的脑筋才突然警醒地振作一下，便找出很优雅的答话了：

"我在想，"他的态度很从容地，微笑地。"究竟你学文学对于音乐有没有损失呢？结果是：我觉得你可以在这两方面同时用功……"于是他等着这些话的回响。

自然，她又给他更迷惑的眼光。但是这意中的报酬却使他难受透了。他想着——考虑着——又决不定——在这种氛围里，在这种情调中，在这个房间内，究竟是不是一个向她表示爱情的最适宜的时机。他觉得有点苦闷了。但他仍然忍着听她的话。

"可是别人都不相信我呢，"她带点骄傲的声音说："你是第一……"接着又向他柔媚地笑一笑。

他乘机进一步说："是的，那些人只会在纸上看文章。"

她完全接受了他的话,并且向他吐出心腹来了:

"我曾经写过好几篇散文……"她真心的说。

"在那里?发表过么?"他热情地看住她。

"都扯了。"她低了声音说。

"唉……"他惋惜之后又问:"为什么把它扯了呢?这简直是一个损失。"

"我不相信自己……"

"以后可不要扯——不——的确不应该扯!"

她没有说什么,只现着满意的笑。于是他又极力怂恿她,给了她许多鼓励。

但当他还赞美她的性格可以在舞台上装沙乐美[1]的时候,也就是在他们的情感更融洽的时候,房门上却响起叩门的声音,他和她都现着讨厌的神气把眼睛望到门上去。

"谁?"她更是不高兴的问。

"自由人无我!"门外的人一面报名一面进来了,是一个有心不修边幅的长头发的瘦子,可以在浪漫派的小说中作为"颓废又潇洒"的代表人物。他很冷淡地向刘希坚点一点头,便故意表示亲热地走过去和白华握了手,又说:

"我把新村的图案画好了,拿来给你看一看。"便把一个纸卷摊开了。

显然,白华是不喜欢这位同志(看她只懒懒的和他握手便明白),

---

[1] 沙乐美:原文如此,今通译为莎乐美,英国作家王尔德所作同名戏剧中女主角的名字。

但她却为那新村的图案而迷惑了，聚精会神地站着看。她也忘了这房子里还有另一个人……

希坚便一个人孤独地坐在一边，他慢慢的感到被人冷视的气愤了，但他又用"天真"的字眼去原谅她——的确她是天真的，她还一点也不懂得世故呢。于是他等着，吸上香烟，却终于想走，但正要动身，又被那位中国的安那其同志的言论而留住了。他静静的听着：

"这就是整个新村，"那位"自由人无我"很傲然地，一面又狂热地在纸上划来指去的说："我们可以名做'无政府新村'，这里分为东西两区域——你不看见么？——东边是男区，全住着男子；西边是女区，全住着女人；东西两区之间是大公园——我们可以名做'恋爱的天堂'——让男女在那里结合，而完成安那其的理想：恋爱自由！"

"放屁！"希坚只想从中叫出来了。

这时那位理想家又发出妙论：

"住在村里的人都不行吃饭——自然吃面包也不行，只行吃水果。"接着他说出他的理由——"吃水果可以把身体弄成纯洁的。"

希坚简直耐不住了，他一下跳起来，朝着白华的背影说：

"我走了！"

她忽然跑过来了（大约有点抱歉的缘故），便亲切的捉住他的手，把脸颊几乎贴在他肩臂上，眼睛翻着望他，完全用温柔的声音说：

"就走么？好的。吃过晚饭我到你那里来……"并且多情得象一个小孩子。

"好吧。"

希坚短削的回答，便什么都不看，昂然地走了。

三

马路上的阳光已经不见了,只在老柳树的尖梢上还散着金黄的闪烁。北京大学是刚刚下课,路上正现着许多学生,他们的臂膀下都挟着讲义和书本,大踏步的走,露着轻松的神情。刘希坚从这些活泼的人群中很悒郁的走出了马神庙。

"先生,洋车!"

他不坐车,只用他自己的脚步。他差不多是完全沉默的,微微的低着头,傍着古旧的皇城根,在景山西街走着,走得非常之慢。

这一条马路是非常僻静的。宽的马路的两旁排列着柳树,绿荫荫地,背后衬着黄瓦和红色的墙,显出一种帝都的特色,也显出一种衰落的气象。路上的行人少极了,树荫中的鸟语却非常繁碎。这地方是适宜于散步的,更适宜于古典诗人的寻思……

但他对于这景色是完全忽略的——美的或者丑的景物都与他无关,一点也不能跑进他的意识。他是因刚才的经过而扰乱着他的全部思想了。

他一面走着一面想起许多很坏的印象——那个"自由人无我",便是这印象之一。"滚你的吧!"他想起那新村的胡说便低声的骂了。但接着——这是非常可惋惜的——他又看见了白华站在那里看图的影子,他不禁的在心里叹息着:

"唉,白华……"

而且，他带点痛苦的意味而想到她的笑态了。这笑态却使他联想到他自己在第三者面前受到她的冷视，心头便突突的飘上火焰。但他立刻又把这气愤压制着，并且把许多浮动的感情都制止了，因为他觉得，他是一切只应该用科学的头脑，不应该由心……

于是，第一，他分析了他和她的关系，他冷静地把它分析起来：他认定自己是爱她的（这个爱在最近更显著），并且她也很爱他——她有许多爱他的证据，但是他和她的爱情之中有一个很大的阻碍，那就是他们的思想——他认为只是她的那些乌托邦的迷梦把他们的结合弄远了。

"不，"这是他分析的结果："她不会永远这样的，她总有一天会觉醒。"

然而这信仰却使他忧郁起来了，因为他料不出她觉醒的时期。

"我应该帮助她……"他想，于是又想起他和她已经经过的那许多纠纷。当他退出安那其而加入共产党的时候，他和她的冲突便开始了——那是第一个。但是这冲突是接连着第二，第三，一直到现在。他是常常为这冲突而苦恼着的。他也常常都在作着扑灭这冲突的努力。他又常常为这努力而忍耐。为的他不能丢开她以及责备她。因为他是很了解她的：惟一，她只是太天真了。否则，他认为她不会为实际的社会运动反沉溺于乌托邦的迷梦。并且他相信：只要她再进一步去观察现实的社会，或者只要她能冷静一点把那安那其主义和二十世纪的世界作一个对照，那她一定会立刻把幻想丢弃了，把刚毅的信仰从克鲁泡特金的身上而移到马克思和列宁来。虽说她这时还受那许多糊涂同志的眩惑，也把她原谅了。他的职志只是乘机去帮助她，去把她从歧路的思想中救出来。可是，无论在什么时候，当他一说出抵触安那其的言论，她就不管事实，只凭着矜夸的意志，用狂热的感情来和他对抗，于是变成不是理论的辩证，而是无意识的争驳了。这样的结果很使他感到懊恼和痛苦，但没有失望。他是仍然继续进行着这努力去进行的。一有机会，他就用种种方法去唤醒她……

她呢，每次都是很固执地红着脸的。当他把一切都用唯物论来解释的时候，她总是动着感情说：

"各人信仰各人的。我只信仰我的唯心论。"便什么都弄僵了。

让步的——其实只是压制的——又是他。因为他不愿他的行动也超出理性的支配，并且他不愿因这样的争执而损伤到他们尚在生长的爱情。所以他们每次的相见，都成为三个转变：开头是欢喜的握手，中间经过争论，随后用喜剧的煞尾。

但今天的情形却不同了。他离开她，完全是被迫的。那时，假使不是突然跑来了那位神经病的理想家，说不定在那种如同被花香所熏着的情调中，他和她的爱情的火花就会爆发起来，更说不定他还可以借着爱情的力量使她牺牲执见，使她用客观的眼光来观察这现实的社会，而成为他的——共产主义的同志……

"的确，"他带点惘然的回想，"今天算是失掉了一个好机会。"因此便想到那个"自由人无我"划来指去的样子，他几乎要出声了：

"简直是糊涂蛋！"

接着他在心里很沉重地轻蔑了那些中国的无政府党人，他觉得他们是戴着安那其主义的面幕，而躲在时代的后头，躺在幻想的摇篮里，做着个人享乐的迷梦，无聊之极。

"然而——白华，唉！"他重新又惋惜到她了。她的影子便又浮到眼前来。但他所看见的却是那天真的，任性的，骄纵的，但又很迷人的，妩媚的，温柔的，她的完全的性格和她的一切风姿。随后是那双圆圆的，大的黑的，特别充满着女性魅力的眼睛，又使他感到爽然的一种愉快了。

"她是美的——很美的——另外一种特别的美——"他心悦地想着，便不自觉的向她作了一次冒犯的幻想：他看见她丰腴和洁白的肌肉，看见她弧形的曲线，看见她凸出的轮廓，他把她完全的裸了。

这想象便使他吃了一惊。同时，他觉得身体中正活动着一种很使他感到不舒服的流质的东西，他更诧异着。但他立刻就了然了，因为这现象从一个二十六岁的男子看来，是不必耗费怎样的思索就会懂得的。所以他忍不住的向自己笑着想：

"哈，希坚，你在幻想些什么呀？……"

这时在他的周围忽然亮起来了。他抬头一看，才觉得他快走到三座门。那夕阳的余辉早已消灭了。夹在柳树之间的路灯刚刚开放了。他想起临走时白华对他说的话，便赶紧向路旁的洋车夫做了一个手式，坐上了，只说：

"西单皮库胡同。"

一回到三星公寓里，他马上就跑去打电话——东一三二六。

那边的小伙计告诉他："是的，七号，白先生，她出去了。"

他只好把耳机挂上，却疑惑地想了想，认为白华已经向他这里来了，便带着微笑地走进房间里，悠然把身体斜躺到床上去（连开来的晚饭也冷掉了），只在淡薄的灯影里，朝着天花板想一些他认为可能的情景——他和她的爱情以及工作……

然而他不久便觉得寂寞起来了。"全公寓里的饭都开过了呀！"他开始这样想。于是时间在他的寂寞中又继续着向前爬——夜也跟着时间而安静。他的寂寞却陡长了，并且变成了焦躁的情绪，从他的心底里一直燃烧起来。

公寓里更安静了。隔壁的钟正在有意似的向他响了十下。

他又跑去打电话——

"还没有回来呢。"又是那个小伙计的回答。

他不疑心那小伙计的撒谎——自然，这完全没有疑心的理由，他只是很着恼地又回到房间里，又躺在床上，又看着天花板……最后，他觉得这样子太无聊了，便开始压制着，坐到书桌边去，可是刚写了两页讲义又乏味的放下了。

"哼，"他向他警告自己说："够了，希坚，你今晚扰乱得真凶呢。"

终于真的把什么都克服了，平静地，向书架上抽出一本日文书来——是一本波格达诺夫的《经济科学大纲》，便一直看到了一百二十五页，一种柔软的疲倦便把他很妥贴的带到睡眠里去了。

四

第二天，仍然照着平常的习惯，刘希坚在刚响八点钟的时候便醒了。阳光也照样的正窥探着他的纸窗。他起来了，带着晚眠的倦意和一些扰乱的回味，便动步走到 C 大学去，因为他必须去教授两点钟的《近代社会思想概要》。

在路上，浴于美好的清晨之气里，他的精神豁然爽利了许多。他想起昨夜里的烦躁情形，觉得很可笑。

"可不是，"他自己玩笑的想，"你也有点象神经质的人了。"却又愉快地——在心里浮荡着白华的笑脸……他把她的失约是已经原谅了。并且，因了那种过分的幻想——超乎他们现实关系的裸了她，他证明自己是需要她的，不仅是一种精神恋爱的需要。这感觉又把他的爱情显得充实了，使他感着幸福的兴致，一直把微笑带到了校门口。

但是在讲台上，他又现着他原有的沉静的态度，不倦地讲着李嘉图的地租论和劳动价值说。

下课之后，他又恢复那暂时被压的心情了。重新流散着满身的乐观，挟着黑皮包——如同挟着白华的手腕似的，高兴地往外走，急急的跨着大步。

"刘先生，"走出第二教室不远，一个号房便迎面向他说："有人在会客室里等你。"

他皱一下眉头问："姓什么？名片呢？"

"她没有给名片。说是姓张……"

他只想告诉听差说他没有来。可是一种很粗大的声音却远远的向他喊出来了：

"哈，希坚！"

向他走来的——用一种阔步走来的，是他的一位女德哇斯[1]，被大家公认为可以当一个远东足球队选手的张铁英女士，虽然她还没有踢

---

[1] 德哇斯：俄语 товариш 的音译，意为同志。

过足球。他一看见她，只看见那满着红斑点的多肉的脸，就把他已经松开的眉头又皱紧了。但他也只好招呼她：

"呵……是你。对不起，你等了很久吧。"

"刚刚来，"她说了便欢喜地跨上一步向他握一下手，只一下，便使他感到不是和一位女士，而是和一位拳师似的，觉得他自己的气力小多了。

"我已经去过你的公寓呢。"她接着用力想温柔低声的说，却依旧很粗很大声。

"有什么事么？"他一面走着一面平淡的问。

"没有事。我只想来看看你。"

"好的，谢谢你。"

"不过，我知道你是不喜欢我来看你的。"

"我没有这种心理。你来，自然很欢迎……"

"但是你常常都在回避我，并不是怕我的回避，只是不愿意和我相处的回避。"

"你这样觉得？"

"是的，我这样觉得。我很早就觉得。你自己不觉得么？你常常和我刚说几句话便好象说得太多了，就做出不耐烦或者疲倦的样子，不然，你就托辞有事情而走开……"

"你太多心了。"

"我一点也不……我自己很知道，我不会令你喜欢的。我知道，我知道那缘故……"最后的一句是充满着许多伤感的调子。

这时已走到了校门口。许多洋车夫便嚷着围拢来。

刘希坚觉得为难了。他本来只一心希望立刻飞到白华的面前，但现在他的身旁却站着这么一位女士，他只好忍着不跳上洋车，又陪她在马路的边道上走着。

他决意保守着他的静默。可是张铁英也低低的垂着头。许多散课的学生都从背后走过他们的前面去了。正午的太阳正吐着强烈的金光，照着他们而映出两个影子——象两朵浮云似的跟着他们的脚边。

随后他们走到这条马路的尽头，那里是一个可以往东也可以往西的三叉口，刘希坚的脚步便好象要站住似的迟缓了。他忽然听见一种急的，粗的，被冲动的感情所支配的很不自然的声音，在他的左肩上响着：

"好，你只管走你的吧，你只管往东走吧。"

他偏过脸去，觉得她的眼睛是在恨恨的在看着他，她脸上的红斑点显得象一天朝霞。

他觉得有欺骗自己的必要了，便回答：

"我是回家去吃饭的。"接着他完全违心的问："你也到我那里吃饭好不好？"

她迟疑一下便带点苦笑的向他看着。

"不，不，"她一连拒绝的说。

"为什么？现在是该吃饭的时候呢。我的公寓比你的近。"

"我不想吃饭。我现在很不快活了——这是我自己找来的，"她很难过地，同时又很呆板的望着他——"唉，每次刚看见你总是欢喜的，到后来总是这样——我很知道这是什么缘故……"于是她含着妒忌的向他说：

"你只管到大同公寓去吧！"

她连头都不回一次，一直急促地往西走去了。

刘希坚望着她的高大壮硕的背影，一面想着和这体格完全不相称的她的痴情，也就服从他自己的意志而向东走去，并且走不到五步便坐上洋车了。

"北京大学夹道，"他心急的向车夫说。

于是他重新把皮包往臂下一挟——如同他真的挟着白华的手腕似的，盘旋着温柔的愉快，浮出微笑来，是一种被幸福所牵引着的微笑。

五

白华正在电话旁吵着：

"西五百十四——十四……三星公寓……怎么的？……有人打？……老挂不上……什么？西——西五百十四……吓……挂零号……"

她生气地拿着耳机，忽然一眼看见刘希坚走进大门来，便不管电话坏不坏，砰的一声挂上了，半跳半跑的向他迎去。

"这电话局真可恶，"她还带点脸红地对他说："打了半天，老打不通！"一面把她自己的手让他握着，和他并列地转到西院去。

"昨夜你一定等我等得不耐烦呢！"她抱歉地说："你连打三次电话来是不是？"接着她向他的左颊上很柔媚的闪了一眼。

"岂止不耐烦呢！"他心想，口里却答应说："没有什么不耐烦。"

"我真不想你是这样的……"她一面去开房间的门。

"为什么？"他走进去了。

"你太把你自己变成一块木头了。"这时她的手才从他的掌心中伸出来，手背上现着几个白的指印。

"木头并不坏呀，"他故意俏皮的说："木头也有木头的用处呢，譬如你建筑新村的时候，你是需要木头的。"

她笑着坐在他的对面。

"可是我的新村只用崖石，"她也存心开玩笑的说："我不要木料。"

"器具呢？"

"一概用铁的。"

"烧火呢？"

"用野草。"

"好，"他含蓄地煞尾说："那末新村的建筑就等于木头的倒运……"说了把眼睛含蓄的望着她。

她装做没有听懂。只说：

"不用担忧呀。我们现在还是需要木头的时候。"

"你需要？"

她不回答。站起来跑到床边去，从枕头底下拿出一个纸包的小东西，很象几块迭着的饼干样子。

"你猜，这是什么？"她天真的问，半弯着腰肢，站在他身边，显然还保留着许多小孩子的趣味。

"这怎么知道。"他只看着她的姿态，觉得这是一种很美的歌剧的表演。

"给你的，你猜？"

他注意起来了：

"袖珍日记……"他猜着说。

"再猜？"

他又注意了一会儿，于是想起了他自己的嗜好。

"那一定是香烟匣……"

她哈哈的笑起来了。急急的扯开纸，果然露出一个银灰色的很精致的匣子，匣上面还画着一个展着翅膀的小天使，满满的张开弓，危险地要射出那一箭……

"给我么？"他立刻从她的手里拿过来了，感着意外的欢喜和特别的意义的，注视着那个小天使和他的箭。

"可不是？"她柔声的说："我特意买来给你的。你看怎么样，还好不？"于是她坦然坐到藤椅的边沿上，她的手臂几乎要绕着他的肩头。

"好极了。"他侧点身子把脸偏过去，看见她的头发垂着，悬在额前散下来一些微香。——一种为他所不曾嗅过的很特别的香气，决不是什么头发油和香水的香。

"不但精致，不但美，"他更仰着脸向她说："而且是——白华（这两字是特别低声的说），你喜欢那上面的图画么？"他微笑地等着她的回答。

"你为什么这样问呢？"她的声音是又清又柔。

"画的是希腊神话中的故事，是不是？"他又问。

她微笑的凝想着。

"是的吧，"于是她一下跳下来，跑开去，站在桌子的那边，显露着少女的特别的表情，充实地闪着可爱的眼光。

"你简直不是一个木头！"她过了一会儿才说出口。

"这是什么意思呢？"他装做不懂的问。

"随你怎么解释。"

"照我的解释是，"他逗着她说："一块木头也有得到这美丽香烟匣的幸运。"便一下把匣子拿着，看着，微笑着，放到口袋里。又从衣服外面小心地摸一下，如同他是怀着一个宝物。

她凝望着，看他的举动。

随后他觉得他不能再这样保守着"文明的玩笑"了，便感着苦闷地只想向她表白。说出她所给他的种种刺激，以及他需要她，如同他需要一种信仰——一种使他的人生成为完全充实的信仰。于是他驾驶着勇气向她喊：

"白华……"他的声音却带点战颤了。

她呢，她显然有点惊讶了。以前，她完全没有想到他会这样严重的喊出她的名字。因此她惶惑起来，心动着，失了意志似的愕然地看着他：他今天的眼睛特别闪着异样的灼热的光彩……

然而纷杂的声音响起来了，东边的院子里起了扰乱，那个小伙计一路跑来一路喘着喊：

"着火呀！着火呀！"

她突然变色了——是失去爱情情调的变色，惊惶着，跑出房外去。他也被这意外的事变而平静下去了，也跟着她走出去。

院子里满着人了。大家慌慌张张的。东院里正在熊熊地飞着火焰。

"唉,着火啦!"她抓着他的手臂说:"怎么办呢?"

"不要紧的。"他原有的沉静便完全恢复了。"我去看一看……"他接着说。

五分钟之后火焰低下去了。刘希坚从东院走回来。

"谁的房间起火?"她仍然站在房门边说。

"厨房,"他一面把眼睛还望着那里的黑烟。"他们真糊涂……尤其是那个小伙计,他慌得把一桶尿也泼上了。"

"唉……"她微微的吐了一口气。

"那末今天不能开饭呢。"接着她想起来了:"你也没有吃过吧?"

他点着头,还望着火焰的余烟,想着这一场火实在是他的——或者连她也在内——一个无法补救的损失……

"我们出去吃好了。"她又说。

他答应了,因为他觉得不能再留在这里了,这里的空气已经使他很不高兴,并且遭火的厨房里还喷着一种奇怪的臭气,使人难当。

他们便走了。离开大门口不远,有许多挑着水桶的救火兵跑向这边来。

他们很简单的在附近的一个本地馆子里吃了一顿炸酱面。

"你下午有事没有?"走出面馆的门口,她问。

"一点也没有。"

"我们到公园去好不好?"

他完全欢喜了,却只用眼光向她表示了同意。他们便坐车到中央公园去。温柔的阳光和初夏的景色装饰着公园。上面配一个广阔的蔚蓝天空，周围充满着鸟儿的歌唱。到处流散着浓郁的，但并不熏人的很香的气味，芍药花正在含苞，牡丹花盛开了。桃树上结着许多小桃子。几对鸳鸯和水鸭在池子里游戏。那只雄的孔雀和什么争艳似的展开了美丽的尾巴。一切是喜悦，美丽，调和而且生动的。

她快乐的说：

"这是一幅理想的图画……"

他回答说："但是图画所缺少的而这里都有了。"一面也钉视着她。并且，很自然的伸过手去把她的手臂挽着，感着新的欢乐地同她散步，合拍的走，低声的说话，俨然是一对爱人——一对尚未结婚的爱人的样子，因为结过婚的爱人又比较大胆了。

他们走到来今雨轩的时候，忽然遇见另一对人，于是停止了。

"珊君！"白华叫道。

"哦，你们俩也来……"珊君说，接着她向她旁边的人介绍说：

"你们不认识吧……刘希坚先生……杨仲平。"

杨仲平是个身段不很高大的少年，和珊君恰恰是配得上的一个，带着江南人所富有的文雅的气质。他这时赶紧和刘希坚握一下手，说：

"珊君常常说到你。我很想来拜访你，可是都没有机会。"

"谢谢你。我差不多天天都看到你的文章呢。"他回答，其实他没有真的看。于是觉得这一位名震北京的小说家，很漂亮，也许是将要结婚的缘故，修饰得很象一个交际家，一个在女伴中很可自鸣得意的人物。

"惭愧得很，那些都不象东西。"

同时白华在告诉珊君说：

"我已经同密司王说好了,她已经答应给你当傧相,可是她正在为衣服为难……"

四个人便一路走了。

刘希坚和杨仲平谈起话来。他总是很喜欢去了解一个新认识的人,如同他喜欢去了解某种新兴的学说一样。但结果他对于这位被当代文坛所推崇的小说家很感到失望了,因为他觉得这位小说家简直是一个盲目的创作者,不但不注意时代的潮流,连一点确定的见解也没有,所说的都是躲在象牙塔里的文人所惯说的呓语……

"艺术是独立在空间的!"这就是代表他的艺术观的一句最精彩的话。

于是走到路的转角,他们便彼此分开地走了。刘希坚回顾着那一对人的背影,不自觉的生了一种感想:

"可怜,"他有点阴郁的想——"这两个也是文坛中的好角色……"

白华却伸过手腕来,这一次是她去挽他,并且把一个笑脸朝着他说:

"你看他们俩还需要行一次婚礼,这简直是一种滑稽……"

他没有回答她,因为他沉思着——满眼是二十世纪的人,纵然在知识阶级里,满眼也都是十八世纪的头脑……

"你不觉得么?"她接着问。

他没有注意她所说的,只得冒险地向她微笑着,而指着一团牡丹花来遮掩说:

"你喜欢那种颜色?"

"我都不喜欢。"她望了一眼说。

"为什么？"

"贵族的样子。"

"对了。"他一面和她穿到社稷坛去。"这种花的样子也不好看！花太大梗子又短小，叶子又没有劲。"

"出丑，还是国花呢。"

"并且从前的文人还把美人来比花——也许就是这种花吧。"

"其实花那有人美，"他接着又说："世界上没有什么东西能够比人体更美的，尤其是——"他把话咽住了，却笑着看她一下。

她默着，感着欢乐的默着。他也就不再说了。他望着那阳光从黄瓦上反射出来的闪光，一面呼吸着带香味的空气，而寻思着这现实的散步所给他的愉快，就更用力的把她挽着。

过一会儿她也开口说：

"公园实在是社会上一个很大的需要，"她差不多是身体挨着他，声音就发在他的颈项边。"可惜中国只有贵族的公园。"

"我想不久就会把它改做平民的。"

他们又把话停止了。各人怀着自己的思想而默着，走出了这一个已经成为遗迹的偏殿。

这时他又悄然看了她一眼，忽然看出他以前所忽略的东西，就是她的眉毛是特别的长，而且有力的弯在眼睛上，仿佛便是一篇她的个性的描写。并且他觉得她的黑眼珠凝聚着熠熠的光彩，是一种美的而同时又是庄严的——他想不出宇宙间有什么东西来和它形容，甚至于——他这样认为——深夜里的两颗明星并不足奇的，那实在太平常了。

于是他重新用力的挽拢了她，几乎要停了脚步的说：

"华！"他下意识地把她的"白"字去掉了。"我们象这样散步还是第一次呢。"

她立刻偏过脸来。

"你忘了以前的么？"她有点诧异的问。

"以前的不同，"他微笑着回答："这一次才真的使我——"他望着她沉思的脸。"你未必没有一种感觉么？"

她懂了他的意思。

"自然，"她柔和的说："新的散步自然有一种新的感觉。"一面把眼中的光彩射过来，如同从太阳光中散下来许多欢乐。

"那么你感觉的是什么呢？"

"你呢？"她反问。

他几乎挨着她的耳朵说：

"我感觉以后不能一个人散步了，无论那样的散步都必须和你……"

她出声的笑起来了——这种笑声是真实的，是从本能中开放出来的，也就是被过分的欢喜和爱情的骄傲所激动的笑声。

"现在，我听你的，"他等她笑声止了之后又说。

"随你怎样想都好，"她的脸颊泛上红晕的说："我是知道你的。随你怎样想……"

"那末同我的一样，"他觉得这句话并不是一个探险。

"你这样想？"她思索着问。

"是的，"他有点沉着声音说："倒不如说是我的信念，并且我不能把这种信念推翻了。"

"我知道，"她的脸发着烧了，"我完全知道，"接着她又看着他说："我很早以前就知道了。"于是垂下头，一直默着。

他也一直注视着她。随后，他觉得他的感情——同时连理性也在鼓励他，命令他，如同他的信仰指挥他去战斗一样，他不能不让那一种血仿佛电流似的通过他的全身……

"华……"他的声音是颤着，而又动人。

但是她突然象发疯一样的昂起头来了。

"我们，"她闪光的眼睛上布了一些阴影，"我们之间有阻碍呢！"

他仿佛站在战线的前锋上受了一击，却又不能用他的力量去报复那击他的人，便完全忍耐地沉下头去，显然有点心伤。

"我们不能打破么？"他瞬即鼓起勇气来说，而且想到他从前的愿望，便立刻增壮了许多精神。

"你能够丢开你的信仰？"她显然不相信这种改变。

"当然不——"他想一想便决定了："我所希望的是你。"

她奇怪起来。

"如果不是你，"随即她正经的说："我简直要承认这一句话是我的羞辱呢。"

于是他照着他自己的方略去向她解释。他完全把自己处于战斗者的地位，现在他整个的性格和机智，大胆地，用社会主义的巨弹向她进攻，并且他觉得这是一个最好的时期，而胜败是应该在此一决的……

这一次他和她的思想交绥算是他第一次没有为爱情而让步，但是他也没有得到胜利。

她最后只说:"我不会受人劝诱的,更不会受人屈服的。我也许明天就丢开安那其,也许我永远信仰它。这都是我自己的事情。"

她是刚强而且严肃的。

"好,"他觉得不必再向她进攻了。"我们不说这些吧。我希望你有一天会——好的,我为尊重你不说下去了。"他期待着以后的机会。

争论的结果,便这样的使他们沉默了许多时。

末了,他先开口——这时已向着公园的大门口走去了。

"想不到挽着手展开一次激烈的战争!……"他已经恢复了沉静的态度而微笑着说。

"对了,"她回答,显然那兴奋的感情也平静下去了,又从眼睛里露着柔媚的闪光。"倒象是一幕戏剧似的……你说呢?"

"是爱情的?还是战争的?"他带点俏皮的问。

她变得很可爱了。

"我只承认是爱情的,"她坦然悄声的回答,接着她讥刺的开玩笑说:"不过在这里面不是表示爱情的好地点。"她的目光象一条魔人的鞭似的打在他脸上。

"你觉得应该在那儿呢?"他不受窘。

"至少,"她带点自负的神情说:"什么人都在公园里,实在是太俗气的。"接着问:"你不觉得俗气么?"

他点了头。在心里,却想起他那时要发狂的情态,便也说——只暗暗的向他自己说:

"接吻——这也太陈旧了。现在应该是有别的新方法来证明爱情的。"

他们走出大门了。彼此握了一下手——这一下握手是含着新的意义和新的愉快的,握了好久,并且握得紧极了。

"明天早上我到你那里来……"她已经坐上洋车了,却转过脸来说,还深重地把她的目光留在他的心里。

他一直站着,在夕阳的余辉中,望着她的影子慢慢地远去,并且望着她被风吹开的头发而想着她——他认为她的性格是适宜于干共产主义的实际工作的……

他被一个人拍了一下肩膀。

六

"喂,"那个人向他说:"怎么的,站在这儿?"

他猛然转过身,看见是一个同志,一个最能够抄写和最擅长宣传的同志,也是一个为工作而不知疲劳的人物。

"印字机!"他叫出他的浑名了。"你也来逛公园么?"便和他握了手。

"我只是过路,"他的同志回答:"你怎么老不叫我王振伍呢?我们在中学时候就给你叫惯的。"

"这是你光荣的称号呀!"他笑着说。

王振伍做出不乐意的样子:

"我可不愿意这就是我的光荣呢。我们是该干出一点更大的工作的。"接着问："你笑些什么？"

"我快活我现在看见你，"他真心的说。

"我们不是常常见面么？"

"也许是我自己的缘故，"他继续说："我今天看见你特别觉得高兴。"

"你发生什么得意的事？"王振伍猜着问。

"有一点，但现在不是告诉你的时候。"

"你站在这儿做什么？"王振伍猜想这是一个原因。

"看风景，"他玩笑的说。

"的确是一件雅事呀。"他的同志感到兴味似的说："你一个人的情致倒不错……我呢，我成天只知道运动我的手和嘴，我从没有用眼睛看过风景——我不想这种开心……"

他插口问："你现在到那儿去？"

"回去。"

"到我那儿去吧。"

两个人便动步了。

他们一面走着一面密谈起来。

"刚才，"王振伍低着声音说出秘密机关的代表名称——"'我们的乐园'里接到一种消息……"他把眼睛看了两边——"恐怕在上海就要发生大事件呢，说不定就是空前的大事件……而且是马上就要发生的。"

"什么时候接到的？"

"下午一点钟，"接着又用低声说："如果这一次真的发生了，是我们将来胜利的预兆……我们实在应该在这时发些火花……所以……好的，我们等着。"

"那末你的意见呢？"

"我自然是贯彻我的主张：须要流血。不流血——不流一次大血是不行的。就是我们要得到大成功，我们是必须经过许多小暴动，否则，要一次就将我们的全民众激发起来是不可能的。他们——我们的民众们还是太幼稚的，至少要给他们几次大刺激，然后他们才能够醒觉而自立起来，而站到我们这一面。你觉得怎么样？"

"我也这样想，现在我们最急切的就是牺牲——同时也就是暴动。我们是应该赶快把我们的火花散开去，并且要散得多，散得远。"

"好的，我们等着。我想我们要走到紧张的第一步了。"

便不约而同的握了一次手。

于是静默地走了好些路。

"我刚才看见张铁英，"王振伍离开了正题目，而说起闲话了："她今天很不高兴，一连给我三个钉子碰。我想这是我替你受的冤枉……你今天没有看见她么？"

"看见过，"刘希坚平淡的说，在他的心里还飘荡着白华的影子。

"这就是她不高兴的缘故了，"王振伍笑着说："我猜的没有错。"

"你不要乱猜，我和她没有什么的。"

"我知道，"他望了希坚一眼。"我知道你们之间没有什么。在你的观念上——自然只是对于异性的观念上——你不会喜欢她。"

刘希坚没有回答。

"其实，"他接着带点严重的声音说："张铁英在我们的工作上是成功的，可是——她在恋爱方面总是失败的。我听说她以前曾爱过好几个人，人家只把她当做开玩笑的目的。"

"的确，"希坚承认了他的话。"她是我们的好同志，最能够工作的一个很难得的好同志。"却把恋爱的一面省略了。

"她真能够吃苦呢。"王振伍接着称赞似的说："这自然有她的历史做根据的。她父亲是一个雇农——"

刘希坚惊讶地插口问：

"你怎么知道？"

"她自己告诉我的。她说她九岁时候就替人家看过两条牛，她十四岁还在田上帮她父亲播种。你只看她的样子就会相信了……"

"是的，"希坚用坚决的声调说："我相信。我早就看出她不是出身于资产阶级——"

"连小资产阶级也不是呢，"王振伍赶快地补充说。

"她怎样跑到北京来的呢？"希坚探求的问："为什么她离开她的环境？"

"我不大清楚。她没有对我说。她只说她的父亲被穷苦所迫而变成一个暴戾的酒鬼，要卖她……我想她跑出来就是这个缘故。"

刘希坚沉思着。

王振伍接着问：

"她没有对你说过么？"

"没有，"刘希坚简单的回答。

"怎么会没有呢？"

"不知道，她从没有说到她以前的生活。"

"大约是这样的，"王振伍想了一想便分析的说："她把我看做一个朋友,而把你看做……唉,我们所处的地位正相反!"

刘希坚因这位忠实朋友的自白而笑起来了。他想着这位朋友在工作上是前进的,在恋爱上便常常被人挤到落伍者的地位。

"你可以努力进行,"他笑着说。

"完全没有用。"王振伍尊重的回答:"你知道,我在这方面是不行的。我努力也不行。我已经失败过好几次了。对于张铁英,我认为是最后的一次,以后我不想再讲恋爱了。"

"你们怎么样呢?"刘希坚完全关心他朋友的问。

"没有什么,"他低沉着声音说:"我不会使女性喜欢,这就包括一切了。不过我对于张铁英并不这样想,因为我认为在我和她的出身阶级的立场上,我们是应该结合的。你知道,我也是从……"他把话停住了。过了一会儿又接下说:"我常常回想我以前当学徒的生活……"

刘希坚不作声,只望一下他朋友的脸,在心里充满着对于这朋友的历史的同情。

彼此都沉默着。

这时的天色已经灰黯起来了;暮霭掩住了城墙上的楼阁;孤雁开始在迷茫的天野里作哀鸣的盘旋;晚风躲在黑暗里而停止在树梢上;路上的行人和车马都忙碌地幌动于淡薄的灯光里……

王振伍忽然用慎重的低音说:

"上海内外棉织会社的罢工风潮,我对于这风潮的扩大,认为革命要走到爆发的时期。你呢?"

刘希坚向他点着头。"到公寓里再谈。"他说。

他们便加快了脚步;十分钟之后,就走进三星公寓的大门。

七

刘希坚照着他的习惯，在饭后吸着香烟，靠在藤椅上，如同他干过疲劳的工作而休息的样子，现着一种惬意的沉思，吐着烟丝。

他的朋友，却因为吃饱了肚子，精神反十分兴旺起来。人家说"王振伍是一架印字机"，那意思，有一半就是说他不知道疲倦，因为他的身体象铁一般的坚实，同时也象铁一般的不会得病。他是健壮而且耐苦的。这时他仍然把他坚实的身体坐在四方的凳子上——一张北京城公寓的特色之一的凳子上，而且笔直地坐着，喝着那带点油质的公寓里的白开水。

"你好象很疲倦了，"他望着刘希坚说："你白天做了很多的工作么？"

"惭愧呀！"刘希坚心里想："什么都没有做。"但他不愿意说他有许多时间都消耗在中央公园里，便笑着回答他："这是我的习惯，也许是小布尔乔亚的习惯呢……我并不喜欢的。"

"不能改？"

"我还没有试验过。也许是这习惯太小了，值不得费许多心思去想改革的。"

王振伍却摇了头。

"你没有想到罢了。"他反对地说,"虽然小……可是和'意识'是有密切关系的。"

刘希坚不想和他辩驳,只沉思地吐着烟丝,烟丝成圈地袤上去,宛如是一种闲暇的消遣。

"你倒学会吸烟——不,是吹烟的技术。"王振伍看着飘浮的烟圈,一面笑着说。

"几乎是十年的练习。"刘希坚也笑着回答。"你呢?"接着问,"你为什么不吸烟?"

"一定要吸烟么?……我一吸烟就头痛。"

他们这样的闲谈着,慢慢地把话锋转变了,转到他们的工作,策略,新加入的同志,以及苏联的经济和教育等的建设。随后,他们的谈话转到了上海的罢工风潮。

"这一次内外棉织会社罢工风潮的扩大……"王振伍开头说,带着非常关心的神气。

刘希坚也不象懒散的样子了,他从藤椅上端坐起来,把香烟头"吱"的一声丢到痰盂里。

他们便兴奋地谈着。彼此都对于这罢工的社会根据作了深切的检讨。

刘希坚,他站在经济的立场上来观察今日的帝国主义。"无论帝国主义在我们中国将施行怎样的威力,帝国主义自身是已经临到了暂时稳定而趋向于崩溃的时期了,而世界社会主义革命的爆发是不可避免的。"接着他补充一句——"这次上海的罢工风潮应该使它扩大到全国……"

王振伍同意了他的话。只说:

"我认为这一定要扩大的;并且扩大起来的结果,不仅是中国劳动者对于帝国主义底资本家的反抗，还深入地造成中国各阶级的联盟而发生民族革命的运动。"

刘希坚沉思着。

"但是，"他带着思索的说："民族革命纵然成功了，然而终究是不能长久的，因为这时代的要求是阶级斗争的尖锐化。"

"自然，"王振伍回答说："那只是一个阶段，因为我们的民族是落后的，没有法。"

谈话就停顿了。

刘希坚又燃上一支香烟，又靠在藤椅上，吐着连环的烟圈……

暂时的沉默之后，王振伍重新告诉他一个消息：

"早上我听说，在顾正红[1]追悼会上被捕的四个学生，已经被英巡捕房枪毙了。"

"你从那里得来的？"刘希坚惊诧的问。

"从一个通信社。不过这事情的发生是可能的。现在帝国主义所采取的压迫手段，是越来越暴戾残酷的。我们不能够用'国际公法'来评衡帝国主义对于次殖民地的行动。所以，"王振伍带着不平的声音接下说："四个学生被违法执行枪决，的确不能看做意外的事情。"

"如果这样，"刘希坚却平静的说："那好极了，风潮就立刻扩大起来了，说不定就会扩大到全国呢。"

王振伍想着什么似的不作声。

刘希坚便接着说：

---

[1] 顾正红（1905—1925）：上海日本纱厂工人。因厂方毫无理由地开除工人，为工人鸣不平，而惨遭日本资本家杀害。

"我认为帝国主义应该聪明一点；否则，那举动，实在对于世界的帝国主义都没有利益。因为，那枪毙四个学生的枪声，我认为是替我们的民族革命放一个发动的信号。"

"我不象你这样乐观的观察，"王振伍有点阴郁的说："杀死几个次殖民地的人民，这不过是帝国主义很平常的玩笑罢了。"

"不错，"刘希坚回答说："我们不管他们是玩笑或者是策略，我们只是看那事情的影响和效力，是不是和帝国主义没有利益。"

显然，王振伍对于帝国主义的野蛮行为，是深深地感着愤慨的。他的脸颊在讨论着罢工风潮的事件之中，已渐渐的发烧起来了。在他充足的眼神里，灼闪着热烈的光……

"现在，"他最后兴奋地，却又客观的说："我们等着，等着我们民族革命的爆发！"

于是他看了一下左手上的那只车掌的手表——"十点半钟了。"他说，便带着新时代将临的信仰，欣然地和刘希坚紧紧的握一握手，走了出去。

刘希坚又重新燃上香烟，而且重新靠在藤椅上，可是他没有吐着烟圈了，只把香烟挟在手指间，让它自然地消蚀着。

这时他的思想是纷乱的。许多复杂的问题和严重的事件都挤在他的脑子里：内外棉织会社的罢工——枪杀工人——拒绝工人上工，和文治大学学生的被捕，上海大学学生的被捕，以及帝国主义的横暴行为，都强烈地刺激着他的神经。尤其是这风潮的扩大，将怎样地造成中国民族革命的诸问题，更深深的钉在他的脑筋里。

他渐渐的由沉思感到苦闷了。"冷静一点，"他向他自己警告说：

"在昏乱的头脑里是解决不了什么的。"便丢下香烟，跑到院子里。

在繁星闪耀的天幕底下，他一连作了五六个深呼吸。北京的夏天的夜，是凉快的，空间飘荡着清凉的微风。他的精神便爽然了。仿佛他的头脑注射了什么药水，立刻清醒而警觉起来。随着他把手插在裤袋里，暂时丢开那各种问题和事件，只当做休息的散步似的，在宽敞的院子里徘徊着。

院子的两旁射出黄色的灯光，隐约地照着他来回散步的影。周围的安静使他一步一步地听出他的皮鞋踏在砖块上的声音。夜是静寂的，一切在阳光底下的烦声，也都在夜色里静寂着。只有远处汽车的喇叭和附近的蛙鸣，断断续续地流荡在清凉的空气里。

他觉得在这样的夜色里散步，怀着无所忧虑的心情，的确有一种怡然自得的乐趣，如同解放了全身的一切，欢喜而且舒服的。

"然而是——"他自己分析的想，"小布尔乔亚才能够的一种闲暇的享乐呀……"想着便不自觉的笑了起来。

这时，在他周围的静寂的空气，突然地破裂了，一种强烈的喊声激动了整个的夜，把一切都惊醒而且扰乱了。

他惊觉地听着这可怕的喊声：

"号外——上海大屠杀号外！"

他立刻跑到大门外去。

胡同里很黑。街灯吐着惨黯的光。小小的黑影在那里跑动……

"卖号外的，这里！"他焦急的高声的喊。

一个小孩子喊着跑过来了。

他急促的买了一张，飞快的跑到房子里，于是在明亮的电灯底下，在他惊慌的眼睛里，跳着一串可怕的字——

"英巡捕房连开排枪射击数千徒手群众！"

八

刘希坚带着惨笑地把号外看下去：

日前为援助日纱厂而遭逮捕之学生，捕房施以极苛刻之待遇，且无释放消息，因此昨日上海学生联合会议决于今日（卅）分组出发，从事大规模演讲。今晨学生分队入租界演讲者，以七人为一组，演讲工人被杀及学生被捕等情形。但此种演讲队一入租界，租界捕房即加逮捕。下午一时后，学生在马路演讲者尤多。至下午三时，有两小队在大马路永安公司前演讲，被巡捕以残酷手段捕入老闸捕房，后又陆续逮捕数起。于是有学生二百余人会集，群至老闸捕房门前，要求释放被捕同学，否则愿全体入狱。当时学生均系徒手，并无暴动行为。且马路上市民群众虽因聚观奔集，达二千余人之多，亦绝无扰乱行动。不料老闸捕房竟召集全班巡捕，站立门前，连续开放排枪。于是二千余人之徒手学生及市民群众，均在枪弹中血肉横飞……

他看着这号外，他的血便鼎沸了。他的头脑仿佛要炸开一般的发烧着。他痛苦地捻着号外，长久地沉默着——而这种沉默是他从来所没有的。他觉得自己的背上也着实中了帝国主义的枪弹……

但是，他终于把这激动制止了。"好的，"他差不多是冷酷地自语着——"现在，我们走到紧张中去吧！"于是他恢复了他平常的沉静，他靠在藤椅上，思想着，一面用力的吸着烟卷，如同他用力的筹划着消灭帝国主义的策略一样。

这时那院子里也发生一种骚乱了。每一个房间里的灯都亮了。许多学生都在念着号外。那激昂的，愤慨的，暴怒的，以及叫骂的和叹息的，种种声音，揉成一片深夜的恐怖。电话的铃声乱响着。最容易打盹的小伙计也兴奋起来了，在院子里跑来跑去……

什么都在动。人动了。空气动了。深眠的黑夜也动了。

刘希坚也从可怕的沉思里站起来，匆匆的拿了帽子，走出房门……

"你到那儿去？"迎面他就听见一种尖锐的，可是带点发颤的声音。

他一看，站在他面前的是白华。

"怎么，你跑来了？"他问。

白华一下就捉住他的手腕，现着一个紧张而悲伤的面孔，眼眶里还留着眼泪的余滴的闪光。

"唉，我想你已经知道了，那上海的——"她咽着声音说。

"是的，"刘希坚平静的回答，"我已经知道。"接着便问她："你怎么变成这样子？"他觉得她仿佛变成一个遭了丧事的女孩子似的。

"怎么，你问的是什么意思？"她糊涂的问。于是她将他的手腕抓得更紧了，并且把身体紧紧的挨着他，这使他感觉着她的血在他衣服外面奔流着，同时她的手在他的手腕上发颤。

"你冷么？"

"不。"

刘希坚便同她走进房间里。

在灯光底下，他看出，她完全变了样子了。平常，她是快乐的，傲慢而且妩媚的。但现在，她的脸上的表情是紧张的。似乎生来第一个强烈的刺激把她全部的神经刺痛着。她有点苍白，同时又有点发烧，她是深陷在伟大的愤慨里而感伤着。一种女性的同情之火闪耀在她的脸上……

"白华，"他握着她的手说："你怎么——你真激动得利害……"

她一面和他坐在床沿上，一面说：

"是的，我激动，然而怎能够使我不激动呢？"

刘希坚沉默着，他觉得这时候是不必对谁说什么安慰的。

"那号外是真的么？"白华忽然象自语似的问："是真的消息么？那样，唉，象那样开放排枪？"

"当然是真的，"刘希坚沉静的，坚决的说："这事情的发生是极其可能的。帝国主义在次殖民地的国家里，不会顾忌他的任何行为的。"

"但是——这是空前的大屠杀呀……"

"虽说是空前，但，也许并不是绝后的大屠杀。"

"你这样觉得？唉，那样太可怕了。还不如简捷地把我们成为印度呢……"

她是太兴奋了。刘希坚觉得她是再经不起刺激的，便立刻把话转了方向：

"你对于这事情有什么意见？"他平静的问。

白华揩了她眼角上的泪滴。"我还没有……"她带点嘶音说。

"应该有一点意见才是，我认为。"

"我不能够想……好象我失掉了理智……我完全被感情支配着。"她自白的回答，显然她的血还在那细白的皮肤里奔流着。

"不过，我们应该冷静一点，因为我们应该想出对付这残酷行为的策略。"

"那是对的，"她慢慢的说："可是，这时候，你要我怎么样呢？我差不多忘掉了我自己。"

刘希坚抚摩着她的手背说：

"你这样也是好的。至少，你的青春的生命力比我强，我已经被环境造成了我的冷酷……"

白华被他的最后一句话吓了一下，她张大眼睛直瞧着他。

"你怎么这样说？"她用力捉住他的手。

"没有什么……你以后会知道。"他本来还要说——"我的工作不允许我有激动的疯狂，"却一眼瞥见她的眼睛里充满着疑虑的光，便止住了。

"我不要你这样！我不要你这样！"她热情地诚恳地望着他。

"我了解你……"他温和的说。

白华还望了他许久。他笑了。他们两个人的谈话便停止了。

一个小伙计跑到他门口来喊：

"刘先生，电话！"

他跑去了。回来说：

"白华，我有事，我必须马上去。"

白华也忽然想起，她是也应该到她的同志们那里去的。而希坚，现在并不是她的同志。于是她说：

"我也要走了。"

两个人便走出了大门。

街上是黑暗的,弥漫在黑暗中的空气在震颤着——四周都互相响应着可怕的叫声:号外!……

白华仍然很用力的捉住他的手腕,如同她需要这样的捉住他,才能够坦然地在无边的黑暗里走着,然而他终于和她分手了。

"我要往东……"他忽然说。

白华迟疑地望着他,便柔弱地向他点一下头。他重新用力的握了她的手,仍然觉得她的手是在发颤……

"明天见。"他压制着向她说。

她默着走去了。当他站着望着她的影,那慢慢的被黑暗掩没去的影,他觉得——他的心是颤颤地动着了。

"白华……"他悄声的自语着。

可是,他立刻就把这种情绪制止了。他是有更伟大更紧要的工作在前面等着他去努力的。他便转了一个弯,挺着胸脯,大踏步的穿过黑暗,走向"我们的乐园"去——就是那个共产党机关。

九

走进那五间打通的北房,在灯光里,呈着一种严肃的气象。许多人都苦闷地吸着烟,沉默着,坐在那里。没有一个人的脸上浮些笑容。

也没有一个人现着青春的神气。虽然大家都认识，却没有谁和谁谈话。仿佛这一间会议室，正在演着一幕苦闷的哑剧。只有壁上的挂钟在那里作响，表示还有一件东西是在那里活动。其余的一切全沉默了，象沉默地罩在会议桌上的白布一样。

三四个同志闪起眼睛向刘希坚点一点头，又一动也不动的吸着烟。

刘希坚走进这沉默的人群，坐到一个空位上。他也从衣袋里拿出香烟来，也和别人一样的苦闷地吸着。

这时他听到在他的右边有一种低音的谈话：

"一定，扩大到全国。"

"是的……帝国主义的这一着并不是胜利的策略。"

"我们的民族正需要这种刺激……"

"虽然，流血是悲惨的，然而在某一时期，流血对于革命是需要的……所以，这一次……"

刘希坚转过眼睛去看这低声谈话的人，是一个瘦小的女士和一个穿西服的少年——张异兰和郑鸿烈。这位张女士的身体虽然象一枝兰花一般地瘦伶伶的，可是她的气魄却比她的身体大好几倍。她是他们之中的一个很出色的女同志。从前，以自由恋爱而闹翻了湖南××女学的就是她。现在，她已经实行着"同居自由"了。……

忽然，一种沉重的声音冲破了这空间的沉默，那是一种很尊严的宣布开会的声音。

大家都动了。集中到会议桌去，围拢地坐着，许多人的手上捻着小纸条。

"现在，宣布开会！"

每一个人的精神都兴旺起来，注意力集中着，静静的听着主席的报告。

主席是四十多岁而仍然象少年一般健壮的人，手上拿着训令和许多电稿，目光炯炯地直射着会议桌的中央。

"这次开会，在共产主义革命上，是包含着一个严重的意义，"他开始说。

周围的人静听着，并且每一个人都很严肃。虽然有许多人还吸着香烟，但是喷出来的烟丝，更增加了严肃的景象。

随着，主席读了训令。这训令的每一个字都深深的穿到每一个人的头脑中去。并且每一个人的头脑中都浮上许多新的工作和新的意义。新时代的影子在大家的眼前开展起来……

会议便这样的继续着：发表意见。讨论。议决。一直到天色将明了。然而参加会议的人并不显露着疲倦，似乎日常的瞌睡已远离了这些人，而他们只是兴奋着，兴奋着，深深的记着各种议决案和每一个同志的脸色和发言的声音。并且，关于新的工作的开始，大家都感着满足的愉快而欣然地浮出微笑来。"天明之后，我们的工作就要变更世界了！"大家怀着这样灿烂的信仰而离开。

"再见！"彼此握着手，用一种胜利的腔调说着。

而且，在大家的心里，都默默的筹划着自己的工作而希望着天明——就是立刻要跑出一轮红日的明天！

明天，依照党的指导，他们的新工作就开始了！

明天，全国报纸的第一页都要用特大号标题：帝国主义在上海屠杀徒手民众！

明天，他们要使这屠杀的事件强有力的打进中华民族的灵魂！

明天，被压迫的民族要独立地站起来了，要赤裸裸的和帝国主义对立着而举起革命的武器！

明天，他们就要向全世界被压迫民族发表宣言：起来，向帝国主义进攻！

明天，他们可以看见北京民众为这样的革命运动而疯狂起来！

明天！

刘希坚也深切地怀着这红色的信仰而走出"我们的乐园"。

在路上，在黎明之前的深夜里，繁星已渐渐的隐灭了。只留着几颗大星还在旷阔的天野里闪烁着寂寥的光。黑暗已经开始逃遁了。东方的一带，隐隐地，晨曦在开展着。那鲜红的朝霞，也布满在黑云的后面而寻着出路。晨风也吹来了，鼓动着欲明的天色，震动着飘摇的市招，发出微微的低音的歌唱。天气由晨风而变冷了。同时，许多路上的黑影也各在那里变化，慢慢的露出物象的轮廓来。鸟儿也睡醒了，从树上发出各种叫鸣。并且，在街道的远处，这头到那头，都可以听到一些沉重的脚步声音。跟着，那北京城特备的推粪车，也"轧轧轧"地在不平的马路上响着。各种都象征着——等待着黎明的到来。

刘希坚由空阔的大街而转到一条狭小的胡同了。胡同口的煤油灯还吐着残喘的光，灯心在玻璃罩里结着红花。他忽然一抬头，看见那一块"于右任书"的三星公寓的匾额。

他站着打门。重新望着东方的黎明之影，向着广阔的空间，深深的吸了一口气，觉得这清新的空气里有一种使人爽快甜的流质。接着他又深深的吸了一口。小伙计把门打开了。他带着新鲜的愉快跨进门限去。

走进房间的时候，电灯的光已慢慢地淡薄而且昏暗下去了。可是，跟着，那黎明便从树梢上，屋瓦上，悄悄地，使人感觉着而又没有声音地，跑进了窗子，于是那充满黑暗的屋角便灰白起来。

他愉快地靠在那张藤椅上，想着他自己的生活是建筑在有代价的生活上面，因为他是负着历史的使命的，而且尽他的能力去加紧这历史的进行。他是要生活在新时代里的，而且他要作为这新时代的建筑工人的一员。他自己，把所有的一切都交给他的"信仰"，如同欧洲的圣处女把一切都交给玛利亚[1]一样。现在，他没有需要，他所需要的只有他的工作的成功。他也没有别的希望，除了他希望全世界的无产阶级都站起来。

他想着，想了许久，便忽然从兴奋中打起呵欠了。同时，他的头脑里便闪着同志们的面貌，会议室的严肃，和响着许多零碎的言语——同志们的声音，主席用沉毅的态度说着"……各阶级联盟的民族革命……阶级斗争的尖锐化……成立×××……"跟着，在许多零碎的响声之中又响起卖号外的叫喊：

"大屠杀……"

随后，一切声音都变成一种混合的声音了，如同小苍蝇"嗡嗡"一般地，而且渐渐的远了去，模糊去，静寂了。

---

[1] 玛利亚：耶稣生母。

一〇

……机关枪"扑扑扑"的响,帝国主义的武装向群众屠杀。

……口号:前进!

……群众冲上去。

……空间在叫喊。火在奔流。血在闪耀。群众在苦斗。

……都市暴动着。乡村暴动着。森林和旷野也暴动着。

……地球上的一切都在崩溃。全世界象一只风车似的在急遽的转变。

……帝国主义跟着世纪末没落下去。

……殖民地站起来了。贫苦的群众从血泊中站起来了。

……举着鲜血一般的红的旗子。

……欢呼:斗争的胜利!

一个新的时代象一轮美丽的夏天的红日,从远远的地平线上露出了辉煌的色彩,迅速地开展了,把锋利的光芒照耀在世界,照耀在殖民地,照耀在斗争的群众,照耀在刘希坚的眼前。

"世界的无产者万岁!"他高声的叫。

周围的群众欢呼着。

欢呼的声音震动着他,如同海洋的波浪震动着一只小船,他的心便在这波浪中热烈地跳荡着。

随后他伸出了他的手,许多人跑上来和他握着,而且,他看见白华也跑来了,他便鼓动全身的气力去和她握手。

"我们是同志!"他欢乐的说。

"我们是同志,"一个回响。

他笑着。于是,眼睛朦胧地张开了,他忽然看见站在他面前的王振伍,自己的手正和他的手互相地紧握着。

"怎么,你看见了什么?"王振伍笑着问。

他的头脑里还盘旋着许多伟大的憧憬,他的脸上还欣然地微笑着。他揩一揩眼睛,从藤椅上站起来了。

"做了很好的梦,"他回答说。

这时,清晨已经来到了。阳光美丽地照在树叶上,闪着许多小小的鳞片。风在轻轻的荡。鸟儿在屋瓦上歌唱。院子里平铺着一片早上的安静。

他把窗纸卷上了;把房门打开;站在门边向着蔚蓝色的天空作了三个深深的呼吸。他觉得每一口吸进去的空气都使他的神经活动而清醒起来。

"你的精神真不错,"他说,一面喝着冷开水,看着王振伍笔直地坐在床沿上,毫无倦意的样子。

"我想我今夜不睡也不要紧,"王振伍回答:"昨夜我太兴奋了,现在还是兴奋着,我没有瞌睡。而且,我们的工作就要开始了。我们都不能睡。我们要看着北京城变动起来,还要把我们自己也参加到这变动里面。我们能够不需要瞌睡就好了,因为这样,可以让我们整天整夜的工作着。"

"好同志！"刘希坚接着说："但是我的身体太不行了，只一夜工夫，便在藤椅上睡起来……"说着便划上洋火，燃了香烟。

王振伍向他笑着。"我是例外的……"他说。

"不。"刘希坚吐了烟丝说："健壮的身体是我们需要的。坏的身体干不出什么工作。我很烦恼我的身体不健壮。"

"还算好——当然不如我的，我是一条牛——有人这样说。"

刘希坚笑起来了。他觉得这个同志不但在主义上是忠实的，并且在友谊上也是忠实的，他完全是一个忠实的人。

王振伍还在继续着——"说我象牛，我总不大喜欢……"说着，他自己也有点好笑起来。

刘希坚忽然问：

"现在几点钟了？"因为他自己的表停住了。

"六点四十分，"王振伍看了手表说。

刘希坚从裤袋里拖出一只钢表来，一面开着机器一面说：

"好的。我们开始工作吧。沉寂的北京城马上就动起来，叫起来，骚乱起来了。"

王振伍接着说："是的，北京城就要象一只野兽了。"他兴奋地挥动着他的手腕——"我是常常都等着这样的一天的。现在给我等到了。我们开始工作——新的工作。我们的工作象堆栈里的货物，堆着堆着，等待我们去搬运，我们就开始吧。"

可是刘希坚问他："你来这里有什么事？"

他忽然笑起来，说是没有什么事，只因为他一个人躲在房子里等着天明，觉得很苦闷，便满街满胡同的走，最后走到这里来。

"现在我走了,"他说:"我的工作不能使我再等待了。我现在要真的变成一架印字机,"他有点玩笑地——"我要从我的身上弄出许多传单来,几千几万张的传单……"

"再见!"他笑着告别。

"再见,"刘希坚向他点着头回答说。

于是,他宽大的身体便挤出房门,穿过院子……

刘希坚又燃上香烟,吸着,很用力的吸,一面沉思着。他立刻追想了他刚才所做的梦,梦太好了,仿佛是许多希望把它织成的。"这是新时代的象征……"他微微地在心里说着。尤其是白华——他想——她也转变了,她丢开了那些无聊的无政府党,而和他走上一条道路——一个正确光明的道路……想到这里,一种灿烂的光辉便从他的微笑中浮起来了。

他愉快地望到窗外:那天野仿佛是一片蔚蓝的海,澄清而含着笑意,一群鸟儿正在那里飞翔着,歌唱着。阳光使地上的一切都穿上美丽的披肩……

"天气太好了。"他想。然而立刻有一种尖锐的思想穿进了他的脑筋——"在碧色的天空之下正流着鲜红的血……"他的心便紧了一下。接着他把眉毛皱起来了。他恼怒地转过身,第一眼便接触了那一张平展在桌上的号外——那平常的字所联拢来的可骇的事实。他的愤怒便一直从他的灵魂中叫喊起来。他向着那号外上的"帝国主义"恨恨地给了一个侮蔑的眼光。随后把这号外丢开了。

桌子上,现着纷乱地迭在一块的原稿纸,几本马克思主义与列宁主义的日文书籍,一些讲义,一个墨水瓶——这个瓶子开着口,如同一个饥饿的小孩子张着小嘴一样,等待着进口的东西。

于是他立刻拿了笔,把笔头深入到墨水中间,他开始工作了。

他要起草三种宣言。

他写着第一种:《为五卅惨案向世界无产阶级宣言!》

——

院子里慢慢地骚乱起来了。

许多学生,都拿着报纸,从这个房间到那个房间,狂督地跑着,传达着专电上的消息。虽然他们所知道的都是一样的事,"帝国主义在上海大屠杀!"可是他们仿佛彼此都不知道,便互相报告着。谁的脸部都是很紧张的。谁的声音都是愤怒和激昂的。谁的精神都深深的刻着屠杀的血迹。谁的情感都在高涨和扩大。谁的行动都越过了平常的形式。大家——在这个院子里——没有一个人不仿佛得了神经病似的疯狂起来。并且没有间断地从各人的激昂的声音中响出激烈的言论:

——中国人也是人!

——宣战就宣战!

——我们人多。我们以五十个拼他一个都拼得赢!

——狗!帝国主义!

——什么文明的国家——野兽!

——我们把全国的钱都集中起来,还打不过英国和日本么?

——我们自动的当兵去！

——我们宁肯死，不能做亡国奴！

——……

宽大的院子，被这样狂热的，从愤怒的火焰中吐出来的人声，喧嚷着，而且完全扰乱了，如同这院子里所流动的不是空气，只是人们疯狂的呼吁。并且这人声还一直增高去，扩大去，变成了一片波浪。

这一群聚集在院子里的学生，大家现着一个紧张的脸，仿佛是一队待发的出征的战士，彼此兴奋地显露着"宁死不辱"的气概，被单纯的"爱国"的热情激动着。

伙计，小伙计，掌柜，厨子，也慢慢的参加到这人群里面来了。随后那女掌柜也换了一件干净的蓝布衫，蹬着尖头的小脚，向着这院子走来。

女掌柜被学生称为"掌柜的秘书"，因为掌柜是一个胖胖的京兆人，十足的带着京兆人的敦厚和一种特别的嗜好，差不多整天的时间都在玩两只小小的鸟儿上面，所以公寓里的各种施设，尤其是向学生们要钱，都是女掌柜的费心。她虽然不识字，可是会写：

"十三号入四元"这一类的数目。

她平常不大走出那一间"闺房"——学生们为她起名的那间不很透亮的房子，因为她已经有一个九岁的小姑娘，她害怕她出乱子，便自己来作一个模范，为的她看见那几个唱着"桩桩件件"的学生常常把前门外的"花姑娘"弄到房子里来。

"不好生念书……"她常常看不过眼的向掌柜说。

可是今天，她变得很坦然地和年轻的学生们挤在一块了。她听着大家说，虽然没有完全懂，却知道是一件并非小可的事情，便七分感动三分好奇的听着。

"什么叫做帝国主义？"她放大了胆子问。

一个学生便向她解释说：

"靠自己的武力来压迫别的国家，这就是帝国主义。"

她转着眼珠想着。

另一个学生又向她说：

"割据别人的土地，剥夺别人的财产，把别人的人民当做奴隶看待的，就是帝国主义。"

她一半明白的点着头。

"八国联军打我们的，那些都是帝国主义，"伙计在旁边插嘴的自语着。

"你知道！"女掌柜横了他一眼——"先生们在这儿，你知道些什么？"伙计便默着。她接着问：

"这年头有多少帝国主义？"

有两个学生向她笑着。她不好意思起来——"咱没有进过学堂，"她小声的说。

"可多呢，"先前那个学生又回答她："现在世界上的帝国主义可不少，最大的是英国，日本，美国……"

她觉得什么都懂了。

"在上海杀我们弟兄的就是英国帝国主义……"她记帐式的说着。

"对了。"

于是她觉得她今天见了一个很大的世面。她懂得了许多。"这年头的新事情可懂不完……"她想，于是一种深刻的回忆从她的心里浮出来，她认为这回忆之中的事是这些"年轻的先生们"所不曾看见的。她记得那一年是庚子年。

"义和团是不怕洋鬼子的，"她回忆着，突然说。

学生们的谈话便停止了。大家的眼睛都看着她，她暗暗的猜度那些眼睛看她的意思，一面壮着胆子，终于把她的故事——在她的生活中算是唯一值得公开的故事，说出来了。

"可惨呢，"她结论的说："八国联军打进北京城，把什么全毁了，把小孩子的肚皮都拉开呢，大人可别提……"接着她慢慢的红起脸来说："洋鬼子实在野蛮呢，一见女人就——"

学生们便响起了一些笑声。

"别乐！"她沉重的说："那是悲惨的事情呵。"

小伙计忽然快乐的叫着：

"宰洋鬼子去！"

"你懂得什么！"她说，一面轻轻的在小伙计的头上掠了一个巴掌。

小伙计跑开了。他在院子的周围走着。他发觉所有的房间里都没有人，只有"刘先生"还躲在房间里。他带着许多消息的走了进去。

"刘先生，你怎么不出去？"小伙计惊讶的问。

刘希坚正放下那枝钢笔，将腰间靠在藤椅上，稍稍地向后仰着，眼睛不动的看着宣言的草稿。

"有什么事？"他偏过脸，看着小伙计。

"院子里满热闹呢，"他报告的说："所有先生们都在那里。"接着便放大了声音说："八国联军的洋鬼子又要打进来了……"

刘希坚笑起来。他觉得小伙计也变成很兴奋而且很可爱了。在那个永远洗不干净的满着油污的脸上，现着特别的表情——仿佛这小孩子的心正在跳动，血正在奔流……

"你听谁说的？"

"先生们说的，"小伙计糊涂地回答。接着他把所听闻的种种都报告出来了。"你出去不出去？"他热诚的问。

"马上出去。"听了这回答，小伙计便感着满足的走了。

刘希坚又继续看他的宣言。一面，他推想着外面的骚乱。他觉得他们所预料的一切，都要一一的实现了。全民族要立刻走到紧张中去——走向革命的路上去，那些从枪弹的眼中流出来的血，要立刻染上每一个人的灵魂了。那帝国主义残杀的枪声，说不定就成为向帝国主义进攻的信号……他想着，许多思想便连贯地集中起来，仿佛许多战士的集中一样，使他从重复的疲倦中，又重复的兴奋了。

"我们是一个落后的民族，"他想："可是现在，前进！"在他的眼前便浮着昨夜的那个斗争的梦境。

随后他把三种宣言的草稿迭在一起，放到胸前的衣袋中去，从藤椅上站起来，觉得他的疲倦还在他的兴奋中伸展着，便张开手臂，作了一回自由的运动。

他打开房门，看见许多人还站在那里，纷纷乱乱的响着声音，如同在这公寓里出了一桩严重"命案"的样子。

于是他撑一撑身子，想着"马上就要开会了"，便燃上香烟吸着，走出房门。

当他通过院子里的人群之时，他听见女掌柜正在大声的说：

"只怪中国人不争气，一见洋鬼子就害怕……"

刘希坚愉快地向这院子里投了一个审察的眼光，想着："危险，这些人很容易误走到国家主义的路，"便大踏步的走去，在疲倦中兴奋着，吐着烟丝。

一二

带着极度的兴奋，同时又带着极度的疲倦，刘希坚从严肃的会议室里走出那红色的大门，微笑地和几个同志握着手，分开了。

在他的头脑里，有一扇锋利的风车，在那里急遽地旋转，各种思想，仿佛是各种飞虫，钉在神经上，而且纷乱地聚集着。差不多在一秒钟里面，他同时想着数十种事情。他觉得他的脑袋已经渐渐地沉重了。

可是他总不能把各种思想像吹烟丝一样的把它们吹出去，尤其是刚才的会议——那声音，那面貌，那景象，那一切决议案，更紧紧的，深刻在他的心上，盘旋在他的脑海里，如同蜜和蜜混合似的不易分离。并且这些东西都吐着火焰，把他的精神燃烧着。

他觉得他是需要睡眠的。他还需要吃。因为这时候已经下午两点钟了，自昨夜到现在，他完全在重复的疲倦和兴奋中，继续着活动，而且完全靠着香烟来维持。现在，疲倦已经在他的全身上爬着，并且在扩大，在寻机向他袭击。然而他现在还不能就去休息。他觉得他还应该看看市面的现象。看看沉寂的北京城被推动的情形。看看那些可怜的，长久驯服在统治者脚下的民众的举动。尤其是，他觉得他还必须去看看白华——那个迷惑于"新村制度"的女安那其斯特[1]。

所以他重新振作了他的精神，重新运动了他的身体，向着远处的青天很沉重地吸了几口气。虽然下午的空气是带点干燥的意味，但是吸进去，似乎也使他的神志清爽了好些。他揩一揩那过度费神而现着疲乏的眼睛，一面走着一面观察着周围。

阳光底下的一切都在骚动。市声在烦杂的响。车马在奔驰。行人在忙走。喊着"《京报》！《晨报》！上海大惨案！"的卖报者的声音，尖锐地在空间流动。同时，有许多小孩子在忙乱地跑着，叫喊着"上海大罢市"的号外，使一切行人都注意着而且停住脚步了。

马路的这头到那头，陆续地现着小小的人堆。三个或者四个一群地，站在那里读着号外和日报，大家现着恐怖和激动的脸色。有许多人，还凭空地嘘出了沉闷的叹声。又有许多人在那里愤慨地自语。还有许多人在互相说着激动的议论。一切，现出了北京城的空气的紧张。

刘希坚一路怀着快感的想：

"革命的火线已经燃上了……"

最后他走到大同公寓，那院子里也喧喧嚷嚷地活动着一个人堆。他听见一句"我们应该罢课"，便叩了白华的房门。

"谁？"一个不耐烦的声音。

刘希坚推着房门进去了。他看见白华一个人冷清清的坐在桌子前，沉默着，而且现着一脸怒容。

---

[1] 安那其斯特：无政府主义者。

"我恐怕你不在家呢,"他笑着说。

"我能够到那里去呢?"她锐声的说,显然她受了刺激而烦恼着。

"发生了什么事,你?"刘希坚走到她面前。

她突然握住他的手。

"唉,"她激动地——"我真难过……"随即在她那两只圆圆的大眼睛上,蒙蒙地漾着泪光。

"什么事?"他猜想不出缘故的问:"可不可对我说?"

白华便告诉他——她的声音充满着愤怒而且发颤。她说她昨夜和他分别之后,她就到枣林街去——到那个安那其的机关去。在她走去的时候,她觉得那机关里面一定坐满她的同志,而且那些同志们都在盼望着她来。她满以为她走到时候,一定要进行一个特别会议,讨论着"五卅"的惨案,通过种种严重的有意义的提议,今天就要进行许多新的工作。可是,那机关里面连一个人影也没有。除了一个看门的老头子,那一幢大屋子——那所谓无政府党人的革命活动的机关,简直是一个古代的坟墓。在那里面,不但把克鲁泡特金的象片埋葬着,似乎连他的精神也埋葬在那寂寞的黑暗中了。对于这景象她是很失望的;不过她还以为自己来得太早了,便等待着。然而她一直等到快天明了,她的同志连一个也不见。她随后直接去找他们——每一个安那其斯特都糊涂地被睡眠支配着,躺在床上打鼾。她对他们说到"上海大屠杀"的事件,他们仍然在半睡眠的状态中,似乎那被屠杀者的鲜血也不能刺激他们被瞌睡统治的神经。"这是重大的事件!"她向他们说。并且把号外给他们看,可是他们没有意见。"我们应该马上召集一个会议!"她这样热诚地向每一个同志说,人家只给她"这时候不行"

和"天明之后再说吧"的回答。尤其是那位——就是根据中国安那其的特别法则而废除了姓名，奇怪地用着代名词——"自由人无我"的那位同志，还躲在乌托邦的幽梦中而疑惑这大屠杀的事实，闭着一半惺忪的睡眼看着她的脸说："也许是空气吧。说不定就是共产党放的。现在他们的政策就是造成恐怖。"接着便发表他的无政府哲学，说什么"只要人类在安那其的新村里住上三个月，世界上便不会有流血的事发生"，以及夹三夹四的把辩证法下了许多批判。就这样，白华从她的同志中，得了失望和愤怒回来了。她骂那些同志是凉血动物，利己主义，虚伪的安那其斯特……

"真把我气死了，"最后她气愤地对刘希坚说，"那些人，完全不配讲主义！"

刘希坚在她叙述的时候，就已经很鄙视地暗暗在发笑了，这时忍不住地把笑意浮到脸上来。

"正因为这样，"他平淡而含着讽刺的说，"才是无政府党人呀……"

白华张大眼睛直视着他。

"你在嘲笑么？"她急烈的问。

刘希坚觉得她太激动了，她所受的刺激已经很多了，便不肯再用尖利的言论去刺痛她。于是他向她微笑着——一种完全含着温柔的善意的微笑。

白华也将敌意的眼光从他的脸上移开去，默了一会儿，沉着声音说：

"本来我不必将这些事情告诉你。但是，我为什么又说出来呢？"她低低的叹了一口气。

"我对你个人是同情的，"他完全尊重的说，"虽然我对于一般无政府党人都失了敬意，不过那只是他们自己来负这被人蔑视的责任。"

他握着她的手。

"白华，"他继续说，声音温和而且恳切地——"你自然不会误解我，说不定你了解我比我了解我自己的更多。我想我们之间不必再用什么解释的。不过，现在，在这个时候，我要求你原谅我：白华，你了解我吧！"他用眼光等待着她的回答。

她轻轻的望了他一下。

"怎么，希坚，"她向他亲切的问："你以为我还没有完全了解你么？你有什么怀疑呢？"

他微微地沉思着——他认为在她从她的同志中得到失望和愤怒的时候，是一个适当的向她进些忠告的机会。他觉得利用这个机会，同时是根据无政府党人的缺点，向她进攻，打破她的美丽的乌托邦的迷梦，一定有胜利的可能。想着便向她开始——

"不是那个意思，"他仍然握着她的手，"我要你了解的只是我现在要说的话。"他停顿一下，便接着沉静的说："在客观上，我们都应该承认，世界资本主义只是暂时的稳定，不久就会显露着不可避免的危机，同时帝国主义必走到崩溃的路上，从这两点，毫无疑义的，社会主义的革命就要爆发到全世界。在我们中国，虽然有许多特殊条件的限制——比如帝国主义极端的压迫和阻止我们革命的进行，但是，我们的革命终要起来的。当然，这种革命并不是安那其……"

"你以为无政府主义没有社会基础么？"她反驳的问。

他觉得对于安那其主义有直接进攻的必要，便举着克鲁泡特金和巴库林的学说下了严正的批判……

"这是不通的路。"他末了说。

"为什么呢？"她急声的问。

他便向她作了许多解释。"每一个无政府主义者，都是个人主义者，"他下结论的说，"没有集体的意见，只有各人自己的自由，甚至于会议上的决议案也都是自由的执行，结果是各自单独的行动，什么都弄不成。"

"这不是事实么？"他接着向她问，而且看着她的眼睛。

她的脸烧热地，默着，不即回答。

"譬如对于五卅的事件，"他接着说："据你所说的，直到现在，无政府党还没有什么动作……这就不是一个领导社会革命的党。"

"这只能说那些人不行。"她突然的说。

"他许是这样。不过，那些人的思想根据是什么呢，不是安那其主义么？"

"不错，"她回答："这是一个缺点。但是，这是能够改变的。我要使他们改变过来……"

"我认为改变不了，"他短削的说。

"你太鄙视了，"她傲然地望着他。

他不分辩，只说："事实上，如果你限制了安那其斯特的自由，他们立刻就会把你当做安那其主义的叛徒，没有一个人再把你看做同志……"接着他还要说下去，可是他一眼看见她的脸变得很激动，便不想再去刺激她，立刻把这一篇争论作了结束了。

"看你的努力，"他笑着向她说。

她不说话，可是慢慢的平静下去了。

"我不否认你说的，"她最后客观的说："那些都是事实。"

他对她微笑着。

接着他连打起两个呵欠了，便重新把香烟燃上，沉重的吸了好几口，撑持着他那已经过分疲倦而需要休息的身体。

她望他一下，忽然发现他的眼睛是红的，一种失了睡眠的红。

"你昨夜没有睡么？"她惊疑的问。

"没有，"接着他又打了一个呵欠。

"为什么？"这声音刚刚说出口，她就想到——他一定和他的同志们忙了一夜……便立刻改口的说："就在这里睡，好不好？"

"不……我回去睡。"

她不固执地挽留他。于是他走了。当他们握手分别的时候，刘希坚望着她的脸而心里想着——"自自然然，事实会给你一个教训的……"可是他走出大门外，对于白华的种种情绪便冷淡下去了，因为他的头脑中又强烈地活动着他的新工作——他一路筹划着《五卅特刊》。

《英帝国主义的枪弹与中国人的血》，他想了这一个带着刺激性的题目。

一三

看着刘希坚走去之后，白华便寂寞地走回她的房里，坐在桌子前，沉默地，一只手托住脸颊，望着窗外的晴空：夏天的晚照，象美丽的长虹似的散着美丽的光彩……

她是很悒郁而且很烦恼的。许多不适意的事情都浮到她的脑子里来。第一使她感到不快活的就是她的同志——那些完全忽视"上海大屠杀"的所谓革命的无政府党人。那些人，在口头上都是热烈的社会改造者，在笔下尤其是解放民族的前锋，可是一碰到实际便赤裸裸的——如同被剥了皮的猪的赤裸裸一样，暴露着一切都是冷的，死的。如果不是她昨夜看出那些同志们的真相，她一定还相信她和他们是同样的负着历史的新使命。现在，他们在她的面前已经取消了一切信仰了。她深切地感到自己的孤单。自然，一个人，只孤单的一个人而没有第二个同志，这力量怎么能够使社会改变呢？她因此不得不需要那些人，虽然那些人是使她十分失望的。也就是因为这样，她感到痛苦了。

"不配讲主义……"她又愤怒的想着。

可是一种可怕的思想突然跑到她的脑里，使她反省地——含着怀疑成分地，对于安那其主义下了分析。"为什么相信无政府主义的人都糊糊涂涂的，没有一个人有科学的头脑呢？"她想。但她又立刻自责了："哼，你也这样想么，你这个不忠实者！"接着她仍然相信，只有实现无政府主义才有和平的世界。这样想着，她觉得对于她自己是宽恕了刚才的犯失，同时也增加了她一直向前的勇气。她认为她应该去纠正那些同志们的谬误……然而她想到刘希坚留在她心里的那讥刺了——"无政府党人讲的是自由……"她便为难地想着她如果去指摘那些人的利己主义的行为，不就是对于他们每一个人的自由的触犯么？虽然这种自由并不含解放的意义，然而谁能够客观地分析这些？自由——无论包含的是一种怎样的成分，总之，在安那其斯特身上都是一概不许别人侵犯的。并且，在事实上，她已经深知那些同志们的一种共同的固执，也就是每一个同志都十分地看重个人主义的自由，那看重，如同一个奴隶的忠臣看重他的帝王一样，而且还当做安那其斯特的特性，同时还当做不同于凡人的特殊的骄傲……那末，她一定要成为刘希坚所说的"如果你触犯了安那其斯特的自由……没有人再把你看做同志！"

于是，她觉得她的前途有一层薄薄的雾。

"纵然，"她随后想："他们不把我……那也不要紧。总之，这一点谬误，我是要向他们说的。"她刚强的决定了，便觉得有立刻到枣林街去的必要，如果他们还不在那里，她就单独的去找他们。

这时她的思想才渐渐地平静。她的悒郁的精神也舒展了。烦恼象一个幻梦似的消灭去。

她离开桌子了，站在一面蛋形的镜子前，理着她的头发，她觉得她的眼皮是疲乏地，她的脸上有着倦意，愤怒，烦恼和苦闷的痕迹。她拿下一条绣着红线的 Good morning 的洋毛手巾，擦着她的脸……忽然有两个人影子现到她的身边来，她急忙地放下手巾，看见珊君和她的爱人。

"你这个鬼，怎么一声也不响。"她笑着说。一面向站在珊君身边的杨仲平点着头。

珊君仍然象一朵使人爱好的玫瑰花，在她的身上显露着江浙女人的风韵。她用北京话回答说：

"你也一声不响，我以为你睡着了。"

"瞎说，"白华望着她，一面把手巾挂上了。"现在是下午了呀！"

珊君笑一笑。

"你现在预备出去是不是？"她问。

"等一等不要紧，"白华说。

接着他们便告诉她，尤其是珊君说她昨夜一夜没有睡，躺在床上睡不着，恐惧和愤怒地看着东方吐出了白色的影，至于出来了一个灿烂的太阳。那失眠的原因，就是她看见了号外，看见了上海的大屠杀，看见了英国人的无人道的野蛮，看见了民众的血和尸首……

"真惨呵！"她颤声的叫了一句。接着她又说，她生平感到第一的可气和可怕的就是那号外的消息。说不定那被杀的学生之中有的是她的同学，她的同乡，她的亲戚，甚至说不定有她的弟弟。"总之，"她兴奋地——"就是不认识的，也一样，不能不使人发疯的。"显然象一朵玫瑰花的她，变成红色的萱花似的吐着赤热的气焰。

"你们预备怎么样呢？"她末了向白华问："你应该为那些死者找出代价来，你是革命家！"她热烈地接着说："我们实在要革命才行……"

这最后的一句话使对面的人吃了一惊。白华不自觉的把眼睛张得圆圆地，定定的看住这位忽然说出"要革命"的女友。她觉得珊君是一个豪绅的小姐，以读书为消遣的大学生，讴歌恋爱的诗人，从来只梦想着爱情的美丽和结婚的幸福的，也就是从来不谈政治和社会各种问题的一个不知道忧愁和贫苦的人，忽然象从沙漠上现出一朵花似的，从她的口上响出了"我们实在要革命才行"的声浪——这在她是空前的，值得惊讶的名词。白华一直对她惊讶地望了许久。

"这样望我做什么？"珊君向她问。

"奇怪……"她心里想，一面笑起来了，十分好意地向她笑着。

珊君还在疑惑："做什么？"

"你怎么也觉得应该要革命才行呢？"白华直率的问。

"怎么不应该觉得呢？"珊君用愤慨的声调回答："除非是傻子，是凉血动物，才觉得我们的同胞可以让别人屠杀！"说了，在她健康的脸颊上，又浮上一种红晕。

白华看着她，忽然跳起来，异样欢乐的去握这女友的手，一面握着一面说：

"好极了，珊君！现在正是我们努力于革命的时候。也就是我们把一切都献给革命的时候。这时候除了革命，我们没有别的。"

珊君也热情的，插口说：

"不错，"她同情地——"我们是要起来革命的——当然，你是已经从事革命了。"

白华便有点被意外的欢喜迷醉着，张开手臂，将珊君紧紧的拥抱了。

"那末，珊君，"她的声音也是疯狂地——"你加入安那其好了！只有安那其的'新村'才是我们的和平世界。将来的世界一定是属于安那其的。"接着她不等待珊君的回答，又加上一句："我今天就为你介绍。"于是把怀抱中的珊君松开去，她看见她的脸色绯红地，仿佛她是被一个不认识的男子强抱了许久一样。

"我是要加入革命团体的。"珊君舒了一口气，才慢慢的说。

"那加入安那其，没有疑义。"白华坚决地，她的声音包含着许多煽动的成分。

珊君不回答，只迟疑地把目光向右偏去，落在杨仲平的身上。他正在听着她们谈话，一面又在看着一张《京报》。

白华便笑着高声说：

"密史特杨，珊君在问你呀！"

珊君立刻把眼光收回去。

杨仲平放下报纸，说："我没有意见。"并且说他不愿干涉珊君的行动。

白华便进一步的说：

"密史特杨，你不反对珊君加入安那其吗？"

"当然不反对。"

"你自己呢？"白华更进一步的问："你不和珊君一路加入么？"

"我么——"他找出一个理由来回答，"我对于无政府主义还不了解。"

"问题只在你要不要了解，"白华逼迫的说。

"当然要了解。"

"那末，我这里有许多重要的书籍，你可以拿去看。我相信你不需要看好多，你就会对于安那其主义的倾向。"接着她又照例的说了许多安那其的新村计划，如同一个保险公司的广告员向人家兜揽生意似的，完全把乌托邦的幻想再加上一层美丽形容词的装饰。

"好的，"他回答："我看了再告诉你，说不定我就要加入——"这是最后的一句，他实在有点违心，因为他从来没有想过"无政府"或"安那其"这名词，甚至于连现在——在白华热烈地向他宣传的现在，他也没有这样想。

可是白华却以为有几分说动了他，便欢喜地和他握一下手，一面说：

"你以前都没有看过？"

"一本也没有，"他回答。但他立刻想起他曾经看过一本《面包掠取》，不过他只看了十几页便厌烦的丢开了，因为他觉得远不如看王尔德的小说有趣。

于是白华转过脸去问珊君：

"你先加入好不好？"

显然，珊君要和她的爱人取一致的行动，所以她回答说：

"我也等一等——等看了那些书之后……"

这回答出乎白华的意外：她没有想到珊君竟也给她这么一种滑头的拒绝。因此她有点生气，同时又有着比生气更大的失望包围了她，使她一声也不作的默着，坐到床沿上，心里想："不是战士，这般文学家……"接着她听见一种清脆的声音从珊君的嘴上响过来。

"现在，自从上海的惨案传到北京来，我和仲平的思想都有点变动，就是他和我都觉得应该革命才行。"她停顿一下说，"所以，只要是革命团体，我们都要加入。"

白华不作声，只听着。

珊君又要继续的说，可是杨仲平把她的话打断了。他自白似的说：

"我现在是相信艺术改造社会……"这是他的一句真话。因为在那两天以前，他所崇拜的还是普希金，拜伦，王尔德……追随这些老前辈而努力于创造一座美丽的"象牙之塔"的，并且要把他自己深深的关进去，在那里面大量地产生他的小说，诗，戏剧。可是这两天以来，他自己也不很理解地，觉得他需要写一篇带着血腥的作品了。虽然他没有分析这观念的变迁是什么缘故，甚至于他也没有想到他的艺术观是从"为艺术的艺术"而走到"功利主义"，但是他已经觉得——他需要写一些和社会有关系的东西，尤其是他要为五卅的惨案而预备出一种周刊，并且把刊物的名字还叫做《血花》。

他和珊君来到这里，就是为了这个《血花周刊》的缘故，因为珊君知道白华会写一些有社会性的小说。杨仲平终于把这目的说出来了。

"你当然要加入，"他最后说。

珊君也接着向她劝诱："白华，你是能够写文章的，尤其是这一类的文章，所以你非加入不可！"

白华对于这事情很冷淡。她还没有染得文学家对于出版刊物的嗜好——也许竟是一种特殊的欲望，如同许多商人想开分店一样。

"不，"所以她回答："我不加入。"

"为什么？"杨仲平笑着问她。

"恐怕我没有工夫。"

"你很忙么？"珊君问。

"说不定很忙。"白华一瞬也没有忘记她的安那其主义的工作。

"那末你什么时候有工夫，你就什么时候写一点，"杨仲平让步的说。

珊君又要求她答应。她终于回答：

"不过你们可不要靠我写多少。"

杨仲平便欣然地告诉她，说《血花》可以在一个日报的副刊上出版，并且下星期二就出创刊号。于是，五分钟之后，这两个人便挟了一包安那其主义的书籍，和白华握一握手，走了。

白华看着那背影，心里便热烈地想起她的同志——她要到机关里去找他们。

她立刻锁了房门，走了。天色已经薄暮，四处密密地卷来灰色的云，乌黑的老鸦之群在这沉沉的天野里飞着，噪着。马神庙的街上现着急步的走去吃饭的学生。路灯象鬼火似的从远远地，一盏两盏地亮了起来。空气里常常震荡着《北京晚报》和《京报号外》——"第三次号外"的声音。

她一路快步的走，一路热情的想着——

"如果……他们还不在……我就要每一个人给他一个攻击！"

一四

天色，在白华的周围慢慢地黑起来了，路旁的树影成为夜色里的浓荫。当她走到枣林街时候，她看见那颗北斗星在繁星之中灿烂着。

她走到机关的门口，她的热烈的希望在她的心里升腾着。她好象决定一种命运似的担心地伸手去叩那黑色的大门——叩响了铜的门环。

门开了，仍然是那个老头子站在半开的门边，而且照常的露出殷勤的笑，这笑容所代表的是感激她每月给他两吊钱，他把这一点钱就拿给他的一个赶驴车的儿子，加强了他们父子的亲爱。

"小姐！"他这时又照常的向她低声地叫了一声。

白华又改正他："告诉你叫我白先生，你又忘了。"一面说着一面走了进去。

在她的背后便响着："是的，白先生，先生们都在那里。"

白华已经看见了，那会议室里的灯光。从窗格上透出来的亮，证明那里面并不象寂寞的坟墓，是那个聚集不少人的会议室。并且由一块窗纱上，她看见那一幅挂在墙上的克鲁泡特金的象片，显然这个无政府主义的先觉正在灯光里莞尔地笑着。

她欢乐地急走了好几步，便一脚跨上两级石阶，推开那扇会议室的门。在灯光底下的人群便立刻起了骚乱，大家跳起来和她握手。她就十分快活地和每一个人——差不多是每一个人，握了一下。

有一个人声在她肩后响着：

"我猜的没有错，你一定会来！"

她偏过脸去看，向她说话的是陈昆藩——他给她第一个印象又是那一对四十五度角的斜眼睛。但她记不清和他是不是已经握过手，便向他微微地点了一下头。接着她又转过身去。听着一片高音的声浪：

"开会！开会！"

同时从别的方面又响起近乎粗暴的叫喊：

"等一等！"

"马上开……"

"还有同志——"

终于，那站着的，稍稍平静的人群便骚乱了，大家没有秩序地向一张长桌走去，仿佛不是一个革命党的开会，却象乡下人看完社戏的溃散。于是有一种声音在脚步和椅子的交响曲之中，象躲避屠夫的羊似的叫出来：

"蹴了我的小脚趾呀！"

跟着又响起：

"慢慢的！慢慢的！"

五分钟之久才平静了。可是坐在桌子旁边的人数不过二十人，而刚才，就象是几百人向银行挤兑的样子。

白华在心里想着："奇怪，这些人又不是小孩子，大家都装做小孩子一般的胡闹……"于是她转动着眼珠去观察这围拢在桌边的人，她重新看见这无政府党人在外表上有一种共通的特色，就是百分之七十的头发都留得很长，很长，差不多要象欧洲的小姑娘似的披到颈项上。并且，一种骄傲的神情，在每个人的脸上充分地表现着，仿佛所有的安那其斯特都是不凡的人物……

这时有一个人站起来报告说：

"这一次是特别会议，是特别为援助五卅惨案的。"

报告的声音还没有停止，忽然门响了，进来了一个人，大家的脸都歪着看过去，而且好几个人不守秩序是站起来发了疯癫一样是跑过去握手。

"我们刚刚开会，我们刚刚开会。"

另一种声音："坐下！坐下！"

同时："大家都在等你……"接着是带点感叹的声音："唉！没有你真不行！"

进来的人是"自由人无我"，他仿佛又设计了一张"新村图案"，满脸都是笑容，一面和人握手，一面说着他自己来晚了的缘故，这缘故还不止一端，说着又说着。于是时间很快的过去了。主席也没有法子镇静这自由的扰乱，只能等待着，等待着，眼看这些安那其斯特的自由，以及盼望这种自由再把他们驱使到会议桌来。

白华的眼睛的狠狠的钉住那些人。她有一团气愤在心头沸腾着。她觉得同志们简直不是在开一个严重的会议，简直是象在戏园里，茶楼上，落子馆里一样，任意是做着凡俗的无益的应酬。所以她耐不住了，吐出一种强烈的声音：

"喂，同志，还开会不开会？"

大家都给她一个惊讶的眼色。

"当然要开会……"不知道是谁这样低声的说。

会议才重新开始。主席又在报告——最后提高了嗓子，把一张号外念了一遍。

大家没有话，然而不是一种深思的沉默，而是象许多小舟被狂风卷到大海里，茫然不知所措的形态。

白华把眼睛环视了一下，觉得这会议室的空气沉闷极了，尤其是看见许多同志的脸色，突然从心坎里生了恶化的感情。

她有点烦躁的说：

"主席！你应该提出讨论纲要呀！"

于是整整的过了半点钟，在唧唧的私语的人声里，弄出这样的几个纲要：

1. 为什么发生五卅惨案呢？
2. 五卅惨案和安那其有怎样的关系？
3. 安那其对于这惨案应该抱怎样的态度？
4. 我们用什么方法来援助被难的同胞？

可是，这空间，仍然是许多眼睛的转动，没有声音。

主席便发言：

"请郑得雍同志发表意见。"

在桌的那边，一个矮矮的穿西装的少年站起来了，是一个爱好修饰的漂亮南洋人。同时，他在无政府党人之间，是一个十分受人欢迎的同志，因为他的行为是吻合一般同志的脾胃，常常做出很使人惊诧的浪漫的事情，尤其是他爱了一个九岁的女孩子，他要等待她十年之后再和她结婚，这恋爱是压倒了一般安那其斯特的浪漫的，所以同志们都对于这空前的，纯灵的，神圣的恋爱作了许多赞叹。并且他家里很有钱，他的父亲是新加坡的一个小资本家，他全然为了无政府主义的缘故而不承认是他父亲的儿子，却常常向他父亲要来许多钱，毫不悭吝地都花在他自己和同志们的身上——他常常邀许多同志跑到五芳斋楼上，吃喝得又饱又醉；有时到真光电影院买了好几本票子，每个同志都分配了一张。这种种，都充分地表现了无政府主义者的特色，同时，就成为许多同志都喜欢和他亲近的原因。因此他得了同志们的敬重和美誉，三个月以前被选为"上海安那其驻京书记"。

这时许多同志都给他一阵响亮的掌声。

他笑着发表意见：

"关于'为什么发生五卅惨案'这一点，我认为最大的原因，就是人类没有了解和信仰安那其主义的缘故。假使全世界都建设了安那其主义的新村，那末，无论那一种族的人，都互相亲爱，象兄弟姊妹一样。当然，在无政府主义世界里面，是没有战争，没有伤害，没有罪恶，只有和平，亲爱，大同，至少是没有什么惨案发生的。"他吞了一口气又接下去说，同时有许多同志向他很钦仰的点头。"因此，非常显明的，五卅惨案和安那其的关系，有两种：一，证明安那其主义必须扩大到全世界；二，五卅惨案是反安那其主义的行动。所以，我们对于五卅惨案应抱有的态度，当然是安那其主义的宗旨。最后，我们应该用安那其斯特的同情心，来同情被难的同胞。"说完便慢慢的坐下去，从西装小口袋里抖出一块浅红色的丝手帕，揩着嘴唇。

立刻有一个北方的高大的汉子，站起来粗声的说：

"我完全同意郑得雍同志的意见……"又立刻坐下来。

白华皱着眉头看着他，认识他是一个很莫明其妙的同志。虽然这个人对于安那其主义的团体很热诚，常常自动的捐许多款项，可是这仍然不能够修改他那不正当的行为——他正在做着私贩军火的买卖。有人说他从前因为杀了一个不肯服从他的女人才投到杨森[1]的军队里面，后来做了团长，又为了不很光明的事件而放弃了军官的地位。他加入到安那其是在六个月以前，介绍他进来的是一个党的老同志，只把"他对于无政府主义非常热诚"作为条件，承认他是一个安那其的党人。但是，无论如何，白华对于这个人是很怀疑的——说不定他把无政府主义的精神，当做绿林中侠客的气概。因此她对于这位同志，常常都从心里产生一种很坏的感想。尤其是当他每次只会赞同别人的意见，不管那意见是否正确的时候，更觉得有一种轻视的意识，如同她自己都被人侮蔑了一样。

于是又有一个人站起来发言。白华只看了一眼，便很苦闷地低着头，感到一种沉重的窒塞，比空气的沉重还要利害，她心里叫着："唉，又是这样的一个！"因为站起来发言的这位同志，他的思想，见解，

---

[1] 杨森：民国时期四川军阀。

行为的分量，和那位私贩军火的同志恰恰成了一个平衡。他不但是一个会耍刀枪的武士，会打许多拳法的拳师，而且是一个流氓。他常常向同志们说："如果在上海，我可以召集三四百弟兄来帮帮安那其的忙。"他这时发表了许多奇奇怪怪的言论，尤其是把其中最精彩的两句话，非常大声的重复地说着——"我们赶快把新村的计划实现出来！我们要使四万万同胞都起来信仰无政府主义！"

跟着，一个又一个，差不多是同样地，没有什么对于五卅事件的深切见解，只是空空洞洞地把曾经说惯了的，那一串老调子——安那其主义呀！新村呀！——说了又说。

后来，被认为"师复"第二的"自由人无我"，站起来了。这是一个十分受人敬重的同志。他自己，也觉得是应该受同志们的敬重的，因为天赋给他一种安那其主义的天才，他能够不同于一切同志地，把"无政府的新村"理想到特别神化。他常常都逍遥在这样的妙境里，整天整夜地，和现实的社会离开，如同一个山洞里的老道士幻想着"太上老君"的炼丹而死守着蒲团的情景一样。可是正因为这样，他成为无政府党人的杰出人物，一直使许多同志疑心他是一个超人，否则，他不会把新村的境界想得那样幽默。所以他一站起来，许多同志都现出一个笑脸，还尽量的给他一阵欢迎的掌声。同时，许多眼光都集中在他的消瘦的脸上，注意而留心地，听着他的言论。

然而无政府党人的嘴上是离不开新村的。任何人都一样。就是在这个特别为五卅惨案而召集的会议里，仍然免不了这一套滥调。似乎大家也都忘记了这次会议的特殊意义。

这情形，完全使白华烦躁起来了。她在心里乱骂着——"三教九流，形成了安那其的组织！这些人，简直都是糊涂蛋！"最后她忍耐不住地，便一下跳起来，锐声地，几乎是叫着：

"到底我们对于五卅惨案怎么样呢？我们今天讨论的是这件事情呀！"

大家才恍然意识到，刚才的许多言论都滑到很远去了。于是有几个人——比较有点清楚脑筋的，才重新把论点集中到五卅惨案的事件上，才把这一个自由的，同时是混沌的会议改变了一个新的形式。

白华也发表了许多意见。

末了，在许多呵欠中间，这个会议便宣告了结束，总算是一个比较有好结果的结束，决定了这么两个重要的决议案：

——发表宣言

——募捐

然而这决议案的执行，同样是采取安那其的行动方式，就是并不指定谁去负责，只凭每个人的兴趣来干，也就是每个人都有执行的权力，每个人也有不负责任的自由。所以，正在决议案成立的时候，坐在会议桌周围的人们便已经散开了，仿佛是会议开到这里，已经是什么事都没有了。这结果，又使热心于惨案事件的白华，生起很大的气，可是她不能责备任何人，因为这行动正是代表无政府党人的色彩，她只好忍耐了，同时也只得把起草宣言的责任负到她自己身上来——觉得明天在北京城就有安那其的"五卅"宣言的出现，心里便潜然浮荡着一片欢喜。

在她走出这机关的时候，夜已经很深了，空阔的街道上，充满了神秘的黑暗，凄清的虫鸣散在黑暗里，使胆小的夜行者感到寂寞的威吓。

白华一面担心的走，一面想着她应该怎样起草宣言，另一面她起着感情的冲动，她要把这消息去向刘希坚说，表示无政府党人也已经决议对于五卅惨案的援助。

她走出枣林街，看见有一辆洋车停在那里，便大声的说：

"皮库胡同，去不去？"

在车上，夜飘动她的头发，揉起了深伏在她心中的一切的美感。

一五

那盏圆形的电灯还照耀着三星公寓的招牌。两扇大门虚掩着。一个大学生正从里面送朋友出来。白华就在别人说着"明天见"的声音中走进公寓了。

她一眼看见，刘希坚的房间是黑的，而且安静，仿佛那电灯已经熄灭了很久的样子。她疑心着——是没有回来呢还是已经睡着了呢——便走近房门去。房门上没有锁。并且从那里面传出一种微微的呼吸的声音。这使她踌躇了，因为她不想去惊动他的瞌睡，她知道他是很疲倦的。可是有一种感情，使她没有自制力的，轻轻的把房门推开了，走进去，同时对于刘希坚为工作而劳苦到极度的疲倦的熟睡，油然生了同情心。

于是她在黑暗里坐了二三分钟，她从隔壁灯光的反照，模糊地看见刘希坚熟睡的样子，她看见他的眉头紧皱着，仿佛他的心里是深锁着什么苦闷。这脸色是她和他认识以来的第一次发现，使她惘然地落到沉思里，不自觉的给他一半敬爱和一半怜爱的凝视，有一种不能立即离开这里的情感。

但是，最后她决定离开了。她自己也应该回去休息了。她想留一个字条给他，使他知道她在夜里曾来过一趟，尤其是要使他知道安那其对于五卅惨案也已经有了表示。

她写了。她站起来了。可是她的手无意中把桌上的一件东西碰到地上去，发生了磁器粉碎的响声。

"谁？"她听见刘希坚惊醒的问。

她只好回答——低声地：

"我……"

刘希坚惊觉地翻身起来了，并且立刻开亮了电灯。

"哦……是你……"他快乐的笑着说，睡眠的影还深深的布在他的脸上。

"你睡吧。"她说："我就要走的。"

"不——"

"你太倦了，你应该睡。"

刘希坚打着呵欠摇着头，说他现在已经不疲倦，已经睡够了，接着从枕头底下拖出一只表来，说："还早呢，才十点。"一面走向桌子去，坐到藤椅上。

白华笑起来。她知道这时已经十二点多钟了。他的表是停止了的。

他又挽留她，说："我睡得很够了，一个人太睡多了会变得很蠢的。"

白华只好答应他再坐半点钟。

刘希坚便兴奋起来了。虽然在他的眼睛里，显然是勉强地把睡眠赶跑的光景，那眼珠上余剩着惺忪的红色。可是他撑持着，仿佛他真的睡得很足够的样子，说着话，很有精神地动作着。

白华就告诉他，她带点因欢喜而夸张的神气，说她刚才是从枣林街来，从安那其党人集会的地点，而且是……

刘希坚插口说：

"那末，你们开会了。"

"是的，开会了，"她高兴的回答。

"怎样行动呢？"

她望着他，一面心里想："你以为无政府主义者不会有行动表现吗？"一面便带着骄傲的声调说："发传单，募捐，以及别的种种援助。"

刘希坚微笑地望着她，觉得她对于安那其实在太热情了。

"你得到了什么消息没有？"他接着问。

白华仿佛回忆似的想了一想。

"听说上海已经总罢市……"她说。

"没有听到电车，电灯，印刷工人等等，也立刻要罢工么？"

"还没有，"她回答。"如果能够引起总罢工，"她接着说："那实在是一个有力的表现。"

"对了，"刘希坚说："罢工是直接的给英日以猛烈的打击。因为中国的工厂——尤其是铁机工厂和纱丝工厂，差不多全部都是英日资本的企业。他们会因为罢工而遭受极大的损失。"

"我觉得我们还应该动员西崽[1]罢工。"白华也感着兴味的说："外

---

[1] 西崽：旧时对欧美侨民在中国的洋行、餐馆等场所雇用的中国男仆的称呼。

国人在中国是特别享福的,虽然差不多在他们本国都是很穷的,可是一跑到中国来,便立刻阔起来了,他们都不想自己来劳动,都用中国的西崽替他们做仆役的工作,所以西崽罢工,也是直接地给他们一个打击。"

"不错,不过这只是使那些外国人感到起居上的不方便。我们给他们以重心的打击,应该使他们受经济上的损失,使他们失去——至少是减少在中国所得到的特殊的权利,所以收回租界和撤销领事裁判权的运动是必要的,是目前的急务。至少这两种运动可以给他们一个威胁,使许多外侨的心里发生恐慌……"

"那末,我们要民众向他们示威了。"

"当然的,只有民众——广大的民众的示威,才能够转变帝国主义对于我们中国的观点,就是说,只有全国民众一致地向帝国主义作反抗的示威,才能够解除他们的压迫,才能够解放我们自己,才能够把我们从殖民地的地位上独立起来。而且这独立的存在,我们还必须呼吁全世界被压迫的民族起来……"

白华兴奋地听着,兴奋地说了许多意见。在伟大事件的面前,她的言论的出发点已经渐渐的离远了安那其主义的理想。因为,具体的事实的教训,不容许任何理想主义者再继续做美丽的梦。同时,五卅惨案当中的流血——这种血不是美术家为点缀裸体画的女人唇上的颜料,不是欧洲绅士们喝的葡萄酒,不是中国风流人物所鉴赏的牡丹花的颜色,而是在人类中的强暴者的罪恶的暴露,和弱小者被残害的精神的映射。任何人——除却帝国主义者以及它的附属物的资产阶级之外——对于流血——那连贯地从枪弹眼中流出来的血,那尸首——那暴露在水门汀[1]上的尸首，都不能站在旁观者的地位，都不能当做茶余饭后的新闻而闲谈着，也就是，任何人都不能不从心坎里燃起一盆愤怒的火焰，把这火焰和别的火焰联系，联成一片，变成毁灭世界帝国主义的巨大的烈火。现在，这烈火的种子已经从上海民众的心坎里燃烧起来了，同时象一条导火线似的燃烧了全国的民众。白华的心上也腾腾地飘拂着这种火苗。她并且把女性的同情放到这火苗上。这时，她的脸颊绯红地，如同那火苗已经飘到脸上来的样子。

随后她猛然听见隔壁的钟声响了两下，她吃惊的看了表，的确是两点钟，便觉得她应该回去了。

刘希坚送着她，一路握着她的手，感着十分愉快的低声说：

"我们好好的干，白华，你可以从事实中得到许多证明——空想的社会主义是没有用的——何况中国的无政府党人更超乎空想以上。"

白华在心里接受了他的话。但是她没有回答，只是默默地走出大门，沉重的说出一声"再见"。

刘希坚便单独的留在院子里。因为他没有睡意，以前的睡眠被兴奋的谈话赶跑了。这时他的头脑里只装满了思想——复杂而且澎湃的思想。这思想一息不停地在他的头脑里活动，如同许多扩大的空气在气球里活动一样，慢慢的涨起来，使他感到仿佛他的头脑已经涨得异常之大，恍然是漫画的大脑袋的样子。他好几次都用心的去注意他的影，都没有看清，因为夜是深沉着，星光很黯淡，天象一片无边际的黑幕，罩着地球上熟睡的动物，植物，以及房屋。

---

[1] 水门汀：即水泥。

他单独的从东边走到西边，重复的走了许多趟。他的思想也似乎跟着他的脚步而响着声音，响在他的头脑里。

随后他停止散步了，坐在一张板凳上，仰望着辽远的天空——夜是不变动的沉默着。夜声细小而且隐约。各种虫鸣的流动也显得十分秘密。可是他的思想的波浪仍然在那里冲击着，纷纷地溅着这样的浪花：

——民众被烈火烧着，要自动的起来了。

——总罢工是可能的，而且是必要的。

——上海的民众已经象狂风急雨一般的在暴动。

——北京也要哮吼的，狮一般的哮吼的。

——被压迫民族的总示威……

这些浪花越溅越多了，最后变成各种尖锐的微生物似的，深入到他的思想的细胞里。他觉得把这些微生物有系统而且健全的组织起来，是非常紧要的，也正是他自己目前的任务。并且觉到一个人生存在这样的工作里，实在是一种历史上的幸运——当然，能够在大革命——建设社会主义的革命的巨浪里，做一个斗争的战士，都一样的有着历史使命的价值的。他自己，虽然还没有对于这使命尽过何等卓越的努力，但是他是在步步努力着的，向着那最高层的建设而迈步，不懈怠，而且急烈的前进，便觉得他这时单独醒觉在这个深夜里，并不是偶然的事。如果，他不为这坚定的信仰而献身给社会主义的斗争，那末他这时已经躺在坟墓里面了——躺在那教授学者的名位上，毫无价值。

时间在他沉思的周围轻轻的走着；夜在慢慢的变动——更加深沉和熟睡，微风带来了湿的，含着露水的凉意掠着他的脸；他才把各种思想集中起来，集中到这一个问题上：

"我们应该用怎样方法去鼓动北京的民众作一个伟大的示威呢？"

他想了种种，觉得这不是一方面所能够做到的事——这是应该各方面联系起来，才能够获得胜利的事。于是他想起一件紧要的工作——就是在目前，最切要的，是号召北京各团体开一个联席会议，决定对于上海五卅惨案援助的办法。他认为这样的联席会议开成了，那就毫无疑义的，会实现北京城的广大民众的示威运动。并且他觉得这事情是完全可能的，便欣然地从心里高兴起来，一直把愉快的，同时带着许多胜利的微笑浮到脸上来。

他重新向很远的天空投了一眼，满含着喜悦的一眼，仿佛他是向着远处的无数贫苦的群众，宣告说：

"斗争呀，朋友，只有无情的斗争，最后的胜利才是我们的！"

望了便站起来了，乐观地在院子里走了两趟。随后走到房里去，和衣躺在床上，闭着眼睛想着，在心里拟着几个重要的提案。

"记着，明天八点钟以前要起来！"

隔壁的钟声便在他的耳边嗡嗡地响着。

一六

这一天，推动北京的民众走上反帝国主义的革命的前途，同时是有计划的具体的领导着这些民众的，那北京的各团体联席会议开成了。

从会场里走出来的刘希坚，仿佛是从一座庄严的宫殿里走了出来的样子，思想里还强烈地保留着那会议的严重的意义，以及象一层波涛跟着另一层波涛，重复地荡漾着那许多光荣的决议：

——出兵保护租界华人！

——撤退英公使！

——准备全国总示威！

——抵制英日货！

——组织工商学联合会！

——……

这种种，在他的思想里造成一片革命的光辉，仿佛在他的周围，那对于帝国主义的示威的口号，已经开始了——象雷鸣一般的传播到全世界。

当他走到王府井大街的时候，街上的市民一群群地，尤其是在东安市场的门口，聚集更多的人，大家象半疯癫的样子，看着刚刚出版的五卅惨案的画报。那报上印着五卅惨案的发生地点和水门汀上躺着，蜷伏着，爬着，裸着，种种中枪的尸首。其中有好几个人的尸身已经霉烂了，脸肿得非常大，四肢膨胀着。每一个尸身上——胸部，脸部，或者腰部，都现着被枪弹打穿的洞，涌着一团血。这样的画报是从来所没有过的，同时也是从来所没有过的一张难看的，悲惨的，使人愤慨的画报啊。

这画报的内容，完全把街上的市民激动起来了，有一个五十来岁的老太太忽然在人群里忍不住的哭了起来。反抗帝国主义的强盗行为，和同情这些被压迫的同胞的被害，这两种情绪象两道火蛇似的同时在民众的心里燃烧了。的确，谁能够把这样残忍的暴露当做风花雪月的鉴赏呢？没有人！谁都不能把这样的画报当做一幅裸体画的美术品的展览。当然，这不是一幅好看的画呀。而且，简直是一张战报呢。一张被压迫民族——殖民地——无产阶级的开始斗争的战报。因为，那画报里面所包含的严重的伟大的问题，只能用鲜红的血来解决。被压迫民族是不能够从和平里得到解放的，在和平的圈内挣扎，只是加重了压迫的桎梏。面包不是由别人施与的，这是应该用我们自己的力量去获得。所以这一张画报成为一粒火种了，深深的落在每一个看报市民的心中。他们激昂地看着，愤慨地叫骂，互相同情地向不认识的人发着反抗帝国主义的议论。有许多人简直表现了原始的人性：

"他妈的B！一个换一个，复仇！"

还有许多青年的洋车夫，工人，店铺的伙计，仿佛有立刻暴动的样子，大家粗暴的叫着，纷乱着。"打到东交民巷去！"有的人这样喊。

街上的巡警也把他的枪枝挂到肩头上，拿一张画报看着，显然他是被那些尸首感动了，不但没有去干涉马路两旁的人众，还参加了这没有秩序的市民的行动。

这种种情形，非常尖锐地映在刘希坚的眼里，他一路都被这宝贵的情形迷惑着。他的心里有一种说不出的愉快的感觉。他的思想又立刻象一只风车，旋转着，没有停止地，在他的心里建立了这一个信念：

"那伟大的示威有立刻实现的可能！"

于是他走过了王府井大街。别的地方也同样有着许多群众，几个人或者几十个人一团地，在那里看着画报，被画报激动着。

在西长安街的地方，他看见张铁英和另外一个不认识的同志，向街上的行人散着传单。当他走近她身边的时候,张铁英便微笑地给了他一张。

"谢谢你,"他笑着说。

张铁英没有再理会他。她仍然执行她的职务去了。他看着她勇敢的发传单的样子,尤其是看着她的宽大健硕的背影在活动,不自觉的又想起:

"什么时候看去,她都象是一个足球队的选手似的。"接着便联想道:"可惜她不会踢足球,否则,远东的体育运动,她是有资格去获得锦标的。"

可是这一个无意识的想象,他立刻把它丢开了,只想着张铁英的身世和她的劳苦的工作,觉得这实在是一个不容易得的可佩服的女同志。并且觉得散传单也应该象打枪一样,一粒子弹是应该换一个敌人的,一张传单也应该有一张传单的作用。于是他觉得他手里的传单有分给另外一个人的必要,便给了一个穿灰布大褂的,还说:

"看完给别的人!"

那个人向他很惊讶地望了一下,把传单接受了。

刘希坚便怀着愉快的感觉向西单牌楼走去。

"希坚!"忽然有一个人叫他。

立刻,王振伍从人丛中出现了。他跑到他身边来,站着,伸出那一只熊掌的手,紧紧的握着,一面微喘的报告说:

"行了,行了,一般民众的热度都非常高!"

刘希坚向他笑着。他看见王振伍好象跑了几十里的样子,显得很疲劳,而且那汗点,一直从他的旧草帽里流出来,顺着腮边流到颈项上去了。

他把草帽脱下来当做一把蒲扇，用力的扇了好几下。

刘希坚便问他：

"你怎么这样忙？"

"可不是，"他擦着汗水说："我正在忙得要死呢——从东城到西城跑了两趟，一个车钱也没有。"

"现在完事了没有？"

"完了。你呢？可不可请我吃饭？"

刘希坚向他示意的点一点头，他们两个便走了。穿过热闹的西单牌楼，同时穿过那些澎湃着热情的民众之群，走到三星公寓。

公寓里突然变了一个异样的景象了。许多学生把画报钉到墙上去。仿佛每个人都需要这画报中的死者——那霉烂的尸身，那枪洞，那血，那残酷的帝国主义的罪恶，来刺激这跳动于热血中的青年的心。大家把可怕的画报当做可羞耻的——同时是应该报复的标帜，高高的挂着，比他们一切从《小说月报》上剪下来的那希腊神话中的美术画，重要得多。并且这种表现，立刻就深入而且普遍化了，全公寓的学生的房子里，都钉着这样的一张。有的还在这画报旁边写了血淋淋的字，表现那鼎沸的热情，和强烈的意志：

——你们的血是为我们流的，我们的血也要为你们流的。

——你们的死是有代价的，你们的代价就是我们用血来斗争！

还有一个女学生，她完全用女性的感伤来写着：

——你们的样子是很难看的，但是我爱你们，并且我要为你们而开始爱无数的贫苦的群众，我的爱比宇宙还要大！

在青年的心中的世界，完全起着猛烈的风暴了。任何人都从这惨案的写真，在言论上和行动上，发了疯狂。

公寓的女掌柜也深深的被这种疯狂传染了。她居然不吝惜的拿出四吊钱，要伙计买了六张画报，一张贴在公众的走道上，一张贴在柜房里，一张贴在她自己的房间里，还有三张她叫伙计拿到胡同里去贴。并且她好象这地球出了毛病，时时刻刻都关心着各种新的消息，常常象一个采访员似的，站在"先生们"的房门边，听着有许多懂有许多很难懂的"先生们"的议论。

刘希坚在这种激动的氛围里也觉得增加了他自己的兴奋。"建立共产主义的前阶段，"他感着光明和胜利的想——"完成这一阶段是从现在开始的，而且已经开始了。"所以他坐在房子里的藤椅上，得意地吸着烟，而且得意地把烟丝吹个几个圆圈，如同把这些行动当做他自己的——对于将来无产阶级革命胜利的庆祝。

同时，王振伍也得意地斜躺在床上，带点笑意的沉思着，一方面又显得很疲倦瞌着眼皮。他今天是做过很多很吃力的工作的，而且跑了十几里路。这时他躺着，仿佛他生来第一次休息，身体上流动着许多舒适之感。

过了几分钟，他从床上翻身起来了，向着吃烟的刘希坚，非常开心的问：

"今天那个会的情形怎么样？"

"你说的是联席会议么？"

王振伍点着头，一面用非常大的注意力，看着对方的脸部，现出十二分准备听话的样子。

刘希坚便告诉他，那各界联席会议的情形。从那会议上——他说——我们已经确定了革命的前途。自然，这种前途只是无产阶级专政的前阶段的革命前途。但是在目前，这是必然的。接着他把各种严重的决议，述说了一遍。

"现在，伟大的总示威，只是技术上的问题，"他结束的说。

王振伍从那聚精会神的态度上，完全听得入神了。他欢喜得跳起来，跑过去和刘希坚握着手，一面近于粗暴的说：

"好极了，我们的胜利！庆祝！"

刘希坚望他笑着，觉得这一个魁伟的同志，简直象一个小孩子一样的天真，可爱地禁不起欢喜的鼓动。

"现在，情形是越来越紧张的，"王振伍继续说："我们要紧紧的把它抓住，扩大我们的宣传。"

"当然。"刘希坚简削的说："我们是要把北京城哄动起来，把北京的民众吸收到我们的领导之下。"

王振伍的欢喜正在逐渐的扩大。那浓厚的笑意，浮在那壮实的脸部上，恰恰成了一种切当的配合。同时他的神情上有一种难言的兴趣——仿佛他的年龄骤然变小了。

刘希坚是长久地注视着他的脸。一面，他在估量这一个同志的热情。不期然的落到一种沉思里——觉得他自己是完全在冷静的水平线上进行他的工作的，没有感到狂热的滋味。

"总之，"他想——"王振伍的这样子是很可爱的。"却立刻听见别人的问话：

"你是不是今夜去作报告？"

"是的。"

随后,当吃过晚饭之后,王振伍仍然保留着笑意,从这里走开。

刘希坚也出去了,他带着许多文件走到机关去。

一七

西单牌楼正是夜市的日期。马路的两旁,象两个奇形的行列似的,排满了夜市的摊。封建的北京城的特征,在那些摊上,那些交易的方法上,那些游人——那些并不一定是买物者的脚步上,充分地表现出来。被历代帝王的统治而驯服了的京兆人民,依然没有脱离帝政时代的风格,整年整月的继续着,那农村社会的买卖。而且把这个古代式的市场,还当做专有的集合的娱乐。尤其是那些满族的人,在汉土中居住了两百年之久,在完全失去"旗人特权"的当代,并不改革他们的习惯。他们甚至于在清室的余烬里,还想保存他们的特殊阶级的趣味,在各种庙会和各种市集里,打扮得花枝儿招展地。无论那一个的夜市中,那游行者,很多都是拖着辫子和旗装的男女。

这一个夜市的情形也并不例外。叫卖的,许多是旗人;徘徊的,旗人也很多。象那种黑压压的一层又一层地延长去,人影接连着人影,市集的摊和摊,一切迟钝的骚动在黯淡的灯光下造成夜市的情景,恍然是工业社会里的世外桃源——没有机器的声音和烟囱的叫鸣,只有从手工造成的物件,摆满了闲散者的脚边。

从这种夜市的行列当中走过去，刘希坚皱了眉头，他觉得这是他今天所眼见的第一个不痛快的现象。尤其是在一个卖宫粉的摊边，许多人围着吵架，其中尖锐地响着满族女人的声音：

"好，你这个小子，人家还是一个姑娘，哼！巡警在那里？"

当然，他不想去知道那吵架的内容，只瞥了一眼，便感着沉闷的窒息似的，用飞快的步伐走过去。

前面的两边依然是夜市，仿佛这夜市象一个山脉似的蜿蜒地延长到几百里。一眼望过去，尽是人影，摊，摊和人影。

"糟糕！"他不耐烦的想。

可是在那些闲散的逍遥者之间，他忽然看见一个白色的影子——白色的裙边的飘舞，白色的女体的活动。他不禁的把皱紧的眉头展开了，一种意外的喜悦潜然地跑到他的心里，使他一直往前快走了好几步。

那白衣的人已经看见到他了，站在那里向他微笑的示意。

他走近去低声说：

"怎么，白华，你也在这里？"

白华高兴的回答：

"你不看见么？我在这里散传单呢。"

的确，她的手里还剩着好几张安那其的《敬告全国父老兄弟姊妹》的宣言。一面，她又继续地把手上的传单分给那些慢慢的走路的人们。显然，这些传单并没有发生怎样的作用，因为在这里"溜跶"的人们，都是专门来逛夜市的，他们的意识都集中在市摊上。差不多都把这传单当做普通的广告，毫不经意的拿着，甚至于看了一眼便丢开了。倒是有许多人很注目的望了这一个美丽的散传单者。

刘希坚看着她把传单散完了,便笑着问:

"你怎么不给我一张呢,我倒是很想看一看的。"

白华,她已经发现在这里散传单的缺点了,但这不是她所能够预料的——在这样热闹的地点散传单会得到失败的结果。所以她对于刘希坚的后面一句话,觉得他是有意的给她的讽刺。

"不。"她生气的声音说:"你和他们一样,你不会看的。"

"不要误解。"他解释说:"我实在是想看的。任何方面的传单我都想看……"

"说不定你单单不肯看安那其的。"

"这没有理由。"

她大约停顿了几秒钟,便气平了,向他亲热的望着,一面说:

"往南去么?好,和我走几步路。"

刘希坚点着头。他完全欢喜地和她并排的走着。近来,虽然只有几天的日子,可是他觉得已经是很长久的时期了,他和她的晤谈,是减少到最低的限度。那五卅惨案事件的工作,使他们没有私人聚会的时间。工作的忙迫,是这样无情地把亲密的朋友分开。他们,自从五卅惨案的巨浪冲到北京来之后,显然是疏远了。同时,显然从前的他们是怎样的亲密。

这时他们走在夜市的中心——走在那空阔的马路当中,她的手放在他的手腕上,如同在公园里散步的样子。

刘希坚感到一种美感,这种美感在忙迫的工作中而深深的感觉着,觉得十分愉快和满足。

"你近来还到中央公园去么？"白华张着眼睛问。

"没有，"他回答："近来太忙了。你呢？"

她摇一摇头。

"恐怕将来还要忙呢。"他接着说，并且立刻想着——"恋爱这东西，的确是有闲阶级的玩艺呀。"却望了白华一眼，觉得她在不分明的灯影里，有着特别迷人的风致，尤其是那黑晶晶的放光的眼睛，似乎在宣布：无论什么样的男人都不会从这里跑掉的。

于是他喜悦地挨她更近些，微微的感到她手臂上的可爱的热气，一直透到他自己的心上来。

白华也不说话。她好象在深思着什么。同时又象是不大舒服的样子。她只是默默的向前走，走得很慢。

夜市的摊的行列在他们的两旁缩短去。夜市的闹声依然前前后后地在夜气里流动。天上繁星的点，慢慢的闪着，而且分明。

"你预备到那里去？"刘希坚问，因为他忽然看见那宣武门的城楼。

"不到那里，"她显然是不很快乐的。

他停了一停说：

"一直往前走么？"

她把眼睛张开去，圆圆地——"你自己应该往那里去呢？"

"我是应该拐弯的，"他直率的回答。可是他看见她的脸色很生气，便加了一句："我的时间还没有到，再走一走不要紧。"

"不。你走你的吧。"她简截的说："你终究要走的。"

"为什么这样生气？"他笑着说，实在也觉得有点诧异。

"不是生气。只是烦恼，"她辣声的说。

"烦恼？"他又笑着望她说："为什么，为我？"

"不。"

"为你自己？"

"不。"

"为谁？"

她默着了，同时，一种猜想，便开始在刘希坚的头脑里活动起来。可是他猜想了许多事实，都不能认为是她的正确原因，便微微的皱起眉头了。

过了一分钟的光景，白华忽然说——的确，声音是很烦恼地："我今天一天都是很不高兴的。"

随后她把她的不高兴的原因说出来："无政府党人是没有出路的。"她开始说，带着许多愤慨。

这句话，简直把挨在她身旁的人吓了一跳——一半欢喜和一半惊诧的一直望着她。

她继续的说——很客观的批评了安那其主义者的自由行动，一种不负责任的罗曼蒂克。

她说着，显然，她是受了很大的刺激的。在她的声音里，完全宣布了，她对于那些同志们，是失了敬意。

刘希坚笑着望她。在他的心里，被强烈的欢喜充塞着。因为，这一年来，他差不多天天都在等待这一个迷惑于"新村"的女友的反省。现在她已经被事实给了一个很大的教训了——他想——她已经开始对于安那其信仰的失望。

接着她又告诉他：

"本来，许多工作是，已经由每个人自己分担了的，可是结果呢，大家都自由去了，留下我一个人，不能不包办——我自己起草，自己写钢板，自己油印，自己跑到马路上去散。"

"这样还不好么？"他玩笑的说："你一个人就代表了整个无政府党的行动。"

她这时并不计较那语意的讥笑，只愤慨的说出她的意见：

"非纪律化不可！"

"可是化不了。"他笑着说。

当然，把基础建设在个人主义的水门汀上，完全是自由组合的安那其斯特之群，谁都是把有规则的形式当做反叛的行为来看待。这是比铁一般还要坚硬的事实。所以白华默着了。她在事实的尖端上，不能不承认他的话。"的确，"她心里想着，"自由的无政府党人，他们怎么会纪律化呢？"

他们的谈话就这样的停止了。那高耸在黑暗中的城楼，已经象一个巨大的山坡似的横在他们的前面。夜市的摊已没有了。路上的行人非常的稀少，一片嘈杂的混音远远地响在脑后。这里，他们的脚步也停止了。

"我们还往前走么？"

"不。我回去了，"她很难过的说。

刘希坚便和她紧紧的握一下子手，觉得她一点也不用力，显见她的心情是很灰色的，没有任何的兴趣。

"明天早上我在家……"他说。

她只笑了一笑，很勉强地，在她的眼睛里没有喜悦的光。于是她转过身走去，走了几步，便坐上一辆洋车。

刘希坚也回头了，因为他没有走出宣武门外的必要，便远远的送着白华的影子，一面感想着——她一定会转变过来的。心里十分高兴的又向着夜市走去。

他发现马路上有着好些的，那被人丢下的安那其的传单。

一八

当刘希坚回来的时候，夜静了。冷的街灯吊在空阔的马路上，散出寂寞的光，模糊地照着夜市的余痕——纸片，短绳子，梨皮，以及污浊的东西，同时有许多乞丐在这废物中寻觅他们所需要的，可以让他们卖给"打鼓"和"换取灯"的什物。

他随便在脚边检了一张安那其的传单，一面走着一面看，一面觉得很好笑。"究竟是本色，"他想，"什么时候都没有忘记'安那其的新村才是人类的和平社会'的幻想。"可是一联想到这传单是白华起草的，便立刻把笑意消失了，而且立刻浮上了不舒服的感觉。

"唉，白华！"他在心里叹惜的想。

跟着，他完全因白华的缘故，很忧郁的困恼着——他相信她终久会走到共产主义的路上，但是，她现在还没有放弃她的迷梦——当然，这种迷梦太容易诱惑人了，象神话上的魔宫一样：那里面是美丽的，然而那里面没有出路。

几分钟之后，这种情绪便消沉了，在脑海里消沉了，因为那严重而复杂的工作，又重新卷来了澎湃的思潮，使他意识着——一个布尔塞维克的目前的任务，以及他自己的工作。于是他对于总示威——必要的总示威——之前夜的全国民众的热情，深切的作着估量……

"好，新的历史从这里展开！"

想着便觉得很愉快。一种光明在他的心头闪动着。

他是兴奋的。

那夏夜的风拂过他的脸，清凉地，象薄薄的一块冰片似的溶化在他发热的脸上，使他十分受用地感着舒适的快感。他觉得，一天都疲劳于工作里面的那精神，在这样的夜气里恢复了，充足，兴旺，而且在生长着。

他一直把这种红色的心情带到公寓里。

住客们都熄灯了。钉在墙上的画报，便更加惨黯的现着痛苦的脸和暴露的尸身。刘希坚走过去的时候，仿佛那尸身并不是印在画报上，而是赤裸裸的躺在这院子里，躺在他的眼前。他不自觉的皱起眉头了——感着一种压迫的，把这些可怕的印象带到房间里去。

书桌上有一封信和一个报卷。他看着，报卷上的字很象珊君的笔迹，便立刻撕开去。果然，一张新出版的《血花周刊》出现了。那上面登着杨仲平的文艺理论和珊君的好几首诗。

"这位玫瑰花的女诗人也转变了么？"他感着兴味的想。一面，他看着她的第一首诗，那题做《寄给被难的死者》的诗。他刚刚看到头两句——被难的同胞们呀，我要用涂着胭脂的嘴唇来吻着你们的血，你们的尸身——便不自禁的笑了起来。

"究竟是小姐的诗人,诗人的小姐。"他一面笑着一面想。

并且,他还必但他没有再看下去,因为夜很深了,他没有时间来拜读这样的文章。须把刚才带回来的工作,好好的筹备着。此外他还需要很好的睡眠。他明天还有许多事情要做的。那许多迫切的工作在那里等待着他,如同许多饥民等待着施赈者一样。他不能懈怠。他一定要紧紧的把许多工作放在他的头脑里,和他一同地度过了这一个夜。所以,他是很经济地而且适当地分配了他的有限的时间:两点钟,他躺到床上了。

在他的睡眠中,他和他的工作,仍旧象两个外交专员似的,在那里开着谈判,复杂地,困难地,解决着各种问题。

天明之后的七点钟,他醒了,警觉的醒了,如同已经睡过了下午似的,飞快地从床上爬起来。

太阳在窗上。一切又都在太阳里。

他估量着时辰,看了表,的确还是早晨。学生们正在门口叫伙计。两个伙计一来一往地忙着倒脸水,人们的混杂的声音又响了起来。一夜沉寂的市声也响了。喇叭,车辆,赶驴子的哼喝,骆驼的铃声。一切,在夜里入眠的,都醒了,活动了。整个的北京城又开始在转动,叫嚣,没有停止。

他向着清晨的空气呼吸着。那疲乏的,还留着瞌睡的脑筋在明媚的晨光中警觉起来了。他精明地想着一些事情,一些零碎的,甚至是一些不必思虑的事情。

随后他的思想便集中到他的今天的工作上。他觉得他应该是上工的时候了——应该把各种知识的机器从他的头脑里开起来,象工人在工厂里开起一切机器，制造着各种物品的一样。并且，需要从他的头脑里制造出来的东西，又是怎样的多呢。

今天，他的工作程序是：整理决议案；根据决议案的内容起草一篇宣言；为《五卅特刊》做文章；出席×部会议；还有……最后他还必须到P大学去，去指导那一群信仰他的学生。

于是他马马糊糊的洗了脸，喝了白开水，坐在桌子前，把头脑中的机器开起来了。

他耐苦而且敏捷地工作着。这工作的忙迫，把他吸香烟的时间都占有了。从前，他在作文字工作的时候，都是一只手拿笔一只手拿着香烟的。

他一直把决议案弄好了，才放下笔，伸一伸腰，并且当做休息一样的靠在椅背上，想着进行他的第二种工作。

正在这时候，白华进来了。她好象突如其来似的，使他出乎意外的惊睨着她。

她的脸色不很愉快。虽然她曾经对他笑着，可是在她的眼睛里，是充分地显露着一层苦闷的光。

他的心里便有点诧异起来。"什么事把她弄成这样子呢？"他想。一面站起来说：

"这样早……"

"还早么？快十点钟了。"接着她看了刘希坚的工作情形，便说："你做事吧，我没有什么事情的。"并且她就要走开的样子。

可是刘希坚把她留住了。因为他觉得她的神气不很对，一定被什么苦闷把她扰乱着。他说：

"不要走。我刚刚做完了一件工作。我要休息一下。"

白华向他望了一眼。审察的,同时又是婉曼的一眼。她从他的脸上得到一种使她满足的快意,她决计不走了。

"好,我坐半点钟。"

说了便隔着桌子坐在他的对面,脸色慢慢的活动起来,喜悦起来。

"我昨夜没有睡,"她望着他说。

"忙么?"他有意的问。

她忠实的摇了头。昨夜,她忙什么?她散了传单之后便回去了。回去之后便躺着。躺在床上张着眼睛。她不能睡。那种斗争,空前的那种斗争,在她的心里和脑里,同时发动着,急烈的交绥和肉搏。她被这斗争刺激得非常之深。她的好几年以来的思想根据,如同发生了地震一样的在那里动摇着。无疑的,她是一个安那其主义者。但是她信仰安那其主义并不是为了好玩的。当然也不是为虚荣的。确确实实,她的献身,只因为把安那其主义当做革命的最好理论,当做改革我们社会的指南针,当做人类生活向上而达到和平世界的福音。所以她崇拜巴库林,尤其崇拜的是克鲁泡特金。她抱着满怀的热情,而且抱着满心的希望,勇敢的加入了无政府党。她以为从此是走到另一个境地,另一个新的不同的环境,走到她的有意义的生活的世界。她以为她是负担着改造社会的使命,她的责任的重大和她的工作的忙迫。她以为同志们可以指导她,勉励她,使她和他们共同地来努力这一革命的工作。她和他们,要紧紧的互相联系着,铲除人类中的强暴者,把弱小者扶植起来。她和他们,如同勤苦耐劳的开垦者一样,要把荒凉的人间变为丰富收获的田园,使全人类都欢乐地,手携着手,生活在这样的田园里而歌唱和平，爱，幸福。她的整个的世界观便等于这一个语言——安那其主义！她不但是信仰着，而且是努力于工作的。然而安那其主义所给她的结果是一些什么？那些矜夸的无政府党人的思想和行动所反映给她的又是怎样的现象呢？无疑的，安那其主义是非常之好的理想——它理想了迷人的美丽世界和迷人的人类和平，它把一切人间的罪恶都抹掉了，但是它的的确确不是我们的这一个现实世界的急切的需要。为什么呢？它太好了——就是，太理想了，太美观了，太罗曼蒂克的想把世界翻过来。因此它成为现实世界里的一个灿烂的幻想的革命理论，不能够象一把斧头砍着木头似的，不能够在现实的世界里起着作用。它只能够使一般幼稚而热情的青年感到安慰的喜悦。相反，它不会使急进的沉静的青年感到满足。尤其是它到了中国之后使许多中国的青年信仰它，同时它也被许多中国的青年误解了。中国的安那其斯特，完全是神话化的革命人物，他们可以在口头上搬运着安那其主义，但是他们并不想把这理论完全了解而寻觅那出路。大家只象一群醉汉，糊里糊涂地高谈着克鲁泡特金，把那个圆额大胡子的象片钉在房间里，而且干着许多浪漫的事情。伟大而艰难的革命事业，被他们看成一个梦，一篇传奇，一幕浪漫派的喜剧。如果有人告诉他们说，"革命是流血"，那他们一定当做笑话，因为他们的安那其的新村是非常和平和非常美丽的。他们自甘地在这样的幻想里迷醉着。白华也是很迷醉的一个。但是，她现在觉醒起来了。她不是一个把那种迷醉当做娱乐的人。她是要改革这个社会的。她不能够永远游荡在幻想里而算是从事于社会的革命。自从五卅惨案的许多事实所给她的教训，使她不能不对于她所信仰的，所拥护的，那安那其主义的基础发生了疑惑。并且,她的同志们——根据无政府党的行动,也使她发生了许多反感。所以在昨夜,在整个夜的进行中,她躺着,思索着,苦恼着,仿佛被无数的蛇围绕着一样,紧紧的被许多冲突的思想围困着,重复又重复地,解决着这些疑问:安那其主义究竟是不是一种革命的幻想?安那其主义能够迫切的改革我们这个社会么?为什么俄国的革命的胜利,不是安那其主义而是共产主义呢?共产主义是不是世界的唯一的革命理论,它能够把老中国变成新中国么?……这种种,象烈火一样的在她的头脑里燃烧起来。而且一直的燃烧着。这使她苦恼极了。至于整个的夜消沉去,太阳出来了,那种火焰还堆积在她的头脑里。自然,她是需要解决的。她必须在两条路上,选了一条,决定她最后的前途。因此她跑来了,她要从刘希坚这里得到力量——她并不是要他帮忙解决这问题,只是希望他把重要的共产主义的书籍介绍给她。

后来她拿了许多列宁和斯大林的著作和别的小册子,十分高兴的走了出去。

"希望你深切的了解……"刘希坚送着她,一面走着一面诚恳的说,"如果你需要我尽力的地方,我可以尽量的和你谈谈。"

她笑着,一种婉曼的,坦然的笑,显然她是喜悦的接受了他的友谊。

他们紧紧的握了一下手,好久才分开。

刘希坚是完全欢喜的。他好象得到了什么胜利似的,很满足地,微笑着走进去。

他又开始他的第二种工作。

一九

　　他一直工作到下午两点钟。兴奋把他的身体支持着。可是他终于打了好几个呵欠,因为他是太倦了。

　　他整理着工作的成绩;一面,他燃上一支香烟,靠在椅背上,沉重的吸着,一种劳动过后的休息,使他感到十二分的惬意。

　　两点半钟的时候,他从他的房间里——不,简直是从他的工厂里——走了出来,可他并不是从这个工厂里走回家去,却是又重新走向另一个工厂——开始他的另一种工作的地方。

　　他是走到党部去的。

　　当他又从党部里走出来,天色完全黑暗了。夜景很活动地闪现在他的眼前。忙碌的行人与车马,呈现了初夜的忙碌的街道。

　　他挨着马路的边沿上走着,一面在他的头脑里,在许多复杂的思想之间,浮着数目字,统计着五卅惨案发生之后的,北京城的报纸销路的激增。

　　他沉默地想着:

　　"《京报》增加百分之三十,《晨报》增加百分之二十五,《社会日报》增加百分之二十二,《黄报》增加百分之十五,《白话报》增加百分之三十二,《北京晚报》增加百分之三十五,共计这些报纸销路的增加总数目是——10000……"

这结论——这最后的数目字，突然地使他惊喜了。当然，他所惊喜的并不是这些报纸——这些象一群哈巴狗似的，驯顺地支配在反动统治的威权之下的报纸的发展，却是因为它们对于五卅惨案的宣传，在宣传中所反映出来的北京民众的意识——说明北京的民众已经在骚动了，已经开始走向革命的火线了，已经统一的站在被压迫民族的联合战线上向帝国主义反抗，准备着一个尖端的预演的斗争。

"看吧，"他在惊喜之中，又接着严重的想，仿佛他是向着帝国主义送去一个警告："把机关枪对着我们民众的胸前扫射，的确的，这不是一种好玩的事情呀！"

他微微的笑了。一种红色的革命的火光，在他的思想里炫耀着。同时，他的眼前便现出了一张漫画——千千万万的工农群众举着镰刀，斧头，红色的旗子，英勇的欢乐的唱着《国际歌》，几个胖胖的帝国主义者跌倒在群众的面前，一只手抱着炮舰，另一只手抱着飞机，颈项上挂着一大包金镑。

这一张漫画的影子便给他一种胜利的，忍不住的快乐的笑声。他完全愉快地把眼睛望着夜色。星光灿烂地，仿佛是世界上革命的火眼，到处密布着，准备着整个革命的爆发。

忽然，一种声音，冲着夜色里面的空气，把空气分裂了一条痕。这声音又接连着第二次的叫喊，

"汉口惨案！号外！"

他买了一张。

他的神经便跟着紧张起来了。同时，他是很镇静地估量着这继续

的，被帝国主义屠杀的代价。

"无疑地，"他肯定的想："这是第二道导火线，立刻把我们民众的火焰扩大去。"

在他的疲劳的精神上又添了一种新的兴奋。他的身体上又奔流着新的活力。他不自觉的加强了步伐，走的非常快。

他走到那里去呢？他必须先走到P大学去，因为这是他今天的工作的一种：指导他的一些学生们。

只走到那学校附近，好几个学生都站在那里探望着，于是他和他们一同走进去，走进第十一教室，列席他们的社会科学研究社的五卅援助会。

学生有五十多人。大家站起来欢迎他，有两个人先开始拍掌，跟着便是全体的，一阵热烈的掌声。

他微笑的点着头坐到旁边的椅子上。可是这一个援助会的主席便走到他身边来，请他就讲演。

掌声又在他的周围响着。

他站起来了。

"诸位同学们！"他开始说。他讲演的题目是《五卅惨案与世界被压迫民族的革命》。在这个题目中，他分析了帝国主义的殖民地政策，帝国主义的殖民地政策的危机，各帝国主义对于中国的侵略和它们互相间的矛盾，中国民族解放运动与世界殖民地的影响，世界被压迫民族及殖民地的革命与帝国主义国家的利害，最后他说到苏联——苏联与被压迫民族，苏联与帝国主义，苏联的存在与世界被压迫民族的反帝国主义的革命胜利。

这演讲便一直占有了两个多钟头。他从学生们的脸上，从那些入神的眼睛里，那些不动的倾听的态度上，那些静穆的，毫无声息的，如同一群教徒们在圣象之前一样地接受他的声音，他觉得他的演讲辞的每一个意义，都象一粒种子，深深的播在他们的头脑里，预告着将来的广大的收获。

他走了，许多学生都站在他后面，向他表示各种的敬意。他也从他们之间得了很大的欢喜，愉快地向夜色里走去。

"这些学生，"他想："无疑的，他们都是CY[1]的预备队。"想着便在他的心头浮着微笑。他知道他们之中有两个人已经加入到CY了，而且在那里面的干部里工作得非常之好。

他一路上都坠在光明的思想里。

半点钟之后，他走到公寓里了。忽然，他看见他的房间里正亮着电灯，一个高大的人影映射在窗子上。

"谁呢？"他想："一定是……"便走过去推开房门。

果然，王振伍坐在那里。

他从椅子上跳起来了，热烈地，仿佛他已经好久没有看见他，非常亲热的笑着，做出他的一种有特色的粗鲁的动作，和他握手。

"唉，你怎么现在才回来？"一面，他的声音宏大而坚实的响着。

刘希坚向他微笑地。他什么时候都觉得，在这个同志的魁伟躯干之中，是放着一颗赤裸裸的孩提的心，天真，没有一点虚饰。

"刚刚从P大学讲演……"他回答说。

---

[1] CY：即 Communist Youth 的简写，共产主义青年团团员。

王振伍望着他的脸，差不多是一种憨态的望，望了许久。

"你瘦了，"他忽然说。

"瘦了？"刘希坚微笑着，"我不觉得。"他接着说："我只觉得我近来的身体好多了。"

王振伍有点诧异的又望了他一眼，随后便沉思了一会儿，说："我知道你是很忙的。近来你的工作增了不少。但是，我看不出你忙的样子，只觉得你一天都是很快乐的，很平静而且很安闲的样子。"

"真的么？"刘希坚感觉着兴味的问："你这样觉得？"因为在别人的眼光里，他被人观察的结果总是很不相同的，有一个同志还批评他是一块大理石——这意思就是说在五卅惨案的疯狂里，他仍然很冷静。

"是的，我这样觉得，我一点也不瞎说，"王振伍回答他。

他笑了。的确，没有人曾看到他的头脑去。谁都是在他的脸上，举动上，得了他的工作的印象。他觉得这倒是他自己的特色。他认为站在指导地位上的人是不能够常常发狂的，是应该时时刻刻把头脑放在冷静的境界里。所以他自己，无论在什么时候，都在克制着感情的激动。

"我承认，"他最后说。

王振伍便笑着自白了：

"这本事我学不来。我没有事做的时候是很平静的，可是工作一加紧，我的行动便跟着紧张了。"

然而这谈话便这样的终止了。刘希坚问他：

"你今天没有事么？"

"有的，"他说。"我来这里也是我的工作之一。"于是他报告了一种新的消息，一种必然的，把五卅事件更加扩大而且更加严重化的汉口屠杀——民众的血肉又在帝国主义的枪弹之下飞溅着。

"现在，我们是一步步走到紧张中去了。"他接着激昂的说："而且是越走越紧张的。当然，事件的严重和扩大，是在我们的预料之中。……你的意见怎样呢？"

刘希坚沉默的听着，因为这问题，很早便盘据在他的思想里，他很早便这样想着："第一，是唤醒民众，深入而扩大的唤醒他们，把他们吸收在中国共产党的领导之下，成为革命的队伍。"

这时，他重新说了这一点意见。"伟大的运动就在我们眼前，这是无疑的。目前的任务是，"他说，"我们准备这一运动的实现。"

他们又继续的谈论着，一直谈论到两个多钟头，王振伍才忽然想起，他还必须到别处去会一个人，便匆忙的拿了草帽。

"不错，"他一面走出去，一面握手，一面说，"这是一个客观条件，它造成总示威的形势。"

说着，他走了。

刘希坚又坐到那张藤椅上。他燃了一支香烟，吸着，沉思着，在他的脑海里便起伏着猛烈的波涛。

他深深的把他的智力放在这一个问题上，如同一个木匠把斧头放在木头上一样地，他把它劈开了。

全国民众总示威！

这是他的结论。

二〇

伟大的北京城,骚动了。伟大的北京城,叫喊了。伟大的北京城在无数群众的癫狂里实现了空前的,严重的罢工,罢市,罢课。

"总罢业!"这是一个强烈的电流。

"总罢业!"立刻,这个电流触动了大地,触动了大地上的民众——烧着他们的心和他们的热情。

到处,工厂里没有机器的响声,每个烟囱都张着饥饿的嘴。到处,商店的门紧闭着。到处,学校里没有摇铃的声音,所有的教室都是寂寂寞寞的。到处,聚集着一群群的民众。到处,写着,贴着,飞着,喊着这样的标语:

——援助五卅惨案!

——为五卅惨案的烈士复仇!

——反对把中国当做殖民地!

——一致收回租界!

——驱逐驻华军舰及陆军!

——抵制英日货!

——拥护弱国的外交!

——……

整个的北京城都充满着如此的紧张，轰动，疯狂。整个的北京城都变样了——街道变样了，人民变样了，空间变样了。仿佛，连时间也变了行进的速度，甚至停止了，停止在这一个异样的变动里。

尤其是在热闹的中心街市——前门，大栅栏，东单，东四牌楼，西单，西四牌楼，王府井大街，更显着异样的可惊的状况。无数群众——工人，店员，学生，彼此汇合着，纷乱着。如同这地球上发生了癫狂的流行病，把平常很安静的人们都传染起来了；在这些人们的心头放上一个火球，使他们在烈火的刺激之中而暴动，吐着强烈的愤怒和反抗的火焰。

许多地方都出现着宣传队。个人的，团体的，散布在十字街头，马路中心，大胡同，路边，在那里大声地，以及嘶声地，慷慨激昂的喊着。

车马都停止了。

无论是大街或小路，只要有人讲演的地方，便聚集了很厚的群众，一层层地围绕着。大家仰着脸，听着，现着紧张的神气，如同一个火苗落在汽油缸里，立刻燃上了，爆发而且扩大了。大家在讲演者的声浪之下，澎湃地增加了反抗帝国主义的——那伟大的革命的浪潮。

常常在听讲的群众里面，响着尖锐的叫声：

——宰洋鬼子去！

——把洋鬼子赶出东交民巷！

——革命去！

并且，常常在群众里面，响了妇女的哭声。在东四牌楼的马路上，有一个五十多岁的老太婆——她是一个电报生的母亲——忽然在紧张的空气里哭喊了，一面落着眼泪，一面悲愤地叫骂着，一面离开了听讲的群众，跑到另一端的马路上去讲演。许多群众便潮水似的围绕着她。她激动着说："庚子那一年，外国的洋鬼子打进来，他们一共八国，把中国打毁了，把中国历代宝贝都抢了去，把中国的人民打死了十多万。光北京城的皇城根就躺着百多人的尸首。中国还得赔款给他们，就是赔他们来打我们的路费，吃饭，各种用费。现在呢，他们又来了，又要再来一个'庚子'！当然，那是对他们有好处的。可是中国呢，中国穷了，赔款到现在还赔不完。现在，外国洋鬼子又想来这一套，又在上海屠杀我们的同胞，如果我们不给他们一个眼色看，他们会以为中国好压迫，越杀越起劲。然而洋鬼子想错了，因为现在的中国人不是好压迫的，你们大家说是不是呢？我们愿意做亡国奴么？外国洋鬼子是不怀好心眼的，他们只想把中国人变成奴隶。他们满嘴讲的是自由平等，他们说现在是平等世界，可是中国的平等呢？骗鬼！我们要靠自己来把中国弄成平等的。洋鬼子是笑里藏刀！他们现在在上海杀死了我们的同胞，我们要万众一心的大家来反对，不然的话，我们四万万同胞都会被他们杀得精光的。你们大家说是不是呢？"

这个老太婆的演说把许多人都鼓动起来了。立刻便有人将她的话拿到别处去讲。如同一个火花传染着另一个火花，联系的爆发了，把更多的群众变成了一个伟大的燎原。

同样在别的地方，也出现着旧式的妇女——她们被讲演者的宣传激动了，被遭难者的血和尸首刺痛了，被同情的波浪冲击了，便带着许多眼泪和愤慨，自由地喊着，用鼎沸的热情来诅骂帝国主义的罪恶。

这时，到处是——

空间充满着紧张的空气，

四围响应着尖锐而愤怒的叫喊，

纷乱的阳光照耀着骚动的群众，

伟大的北京城是一个风暴！

而且这一个风暴正在继续着——高涨，扩大，没有边际。在这个风暴里的人们都是很疯癫的。谁的感情和思想都受了急剧的变动，变动在这一个紧张的漩涡里。并且，无数不认识的人们都联合起来了，站在一条战线上，向着敌人——罪恶的帝国主义——演习着被压迫民族的解放运动的斗争……

刘希坚也参加在这一个伟大的预演的斗争里。一清早，他就参加了，并且到现在，还照样的继续着。从西城到东城，他作了许多次通俗的讲演。他是一次又一次地看见了群众的革命情绪的高涨。他只想立刻把他们——这无数热情的群众——组织起来，使他们不致于涣散，使他们有计划的在共产党的领导之下，进展到阶级的斗争，变成阶级斗争的革命的队伍。

他今天，显然被伟大而辉耀的欢喜弄得极兴奋了。有一种胜利的微笑在他的心上荡漾着。他不能言喻地感觉着异样的愉快。他抱着布尔什维克的红色的心情，估量着这一场风暴。

"无疑的，"他下了结论："这是一个高潮！"并且这思想象一阵风似的，在他的头脑里盘旋着。

那灿烂的光明的革命前途，便开始在他的眼前闪动了，他隐约地看见了无产阶级的革命的斗争和胜利。同时他想起了俄国的十月革命，俄国的大流血和大饥荒，以及目前苏联的社会主义的建设。

一路上，这个红色的前途都是很闪动的。

在他的周围，骚动的群众不断的增加着，不断的扩大了群众的骚动。

当他走到东单牌楼的时候，马路的中心完全被群众站满了。他猛然一看，忽然在无数摆动的人头上，看见了一长辈熟悉的脸，他不禁的在心里叫着：

"哈，白华！"

他的心头便飞过了一阵欢喜。

他站住了。站在群众的队伍里，象一切听讲的人们一样，仰着脸，从许多人的头上，头与头的隙缝里，看着而且听着。

一种嘶裂的声音在空气里发颤的响着：

"我们要大家团结起来，团结在一块，团结在革命的战壕里，我们才能够抵抗英国日本——以及别的帝国主义的侵略，压迫，屠杀。我们只有这样的紧紧的团结，才能够打退我们的敌人。不然的话，我们大家都只有死路一条：替英国日本当奴隶！现在，我们要用全体的力量，来争取外交的胜利！同时我们要取消各种不平等条约！收回租界！撤销治外法权！我们要中国在国际上的地位平等！这些都是我们自己的权利！我们要靠团结的力量来坚持到底，非达到最后的目的不可。我们不要被人家讥笑做'五分钟热度'！我们要抱着宁死不屈的精神！我们起来奋斗吧！我们不奋斗只有死！"

突然演讲者的嘶裂而发颤的声音停止了。群众的圈里便响着纷乱的骚音。接着演讲者又继续的说，可是只叫了一句"同胞们"便听不见一点声音，仿佛有一块木头把她的喉咙塞住了，挣扎了许久，仍然没有响出声音来。大家只看见她兴奋地，同时又苦闷地作着手势。两分钟之后，她只好从椅子上跳下来了，很乏力的走到群众里面，无数同情的眼睛便跟随着她。可是这一团的群众并不因她而散开。并且，紧接着，就有一个学生跳上去了，又站在群众的面前，大声的热烈的讲演。

刘希坚的眼睛也紧紧的追随着白华，并且在群众里面找着她。最后，她被找到了，他便一下握住了她的手腕。

"白华！"他叫了一声。

白华很吃惊的望了他一眼。接着她笑了。她立刻把他的手紧握着，表示一种意外的欢喜。

"你什么时候在这里？"她高兴的，仍然哑着声音问。

"刚刚来，"他据实的回答。

"那末，"她柔媚的望了他——"你听见我……"

"是的，"他笑着说："听了一点。"

"哦……"她低低的响了一声。

接着她微笑地看着他，又微笑地沉思了。仿佛她不愿意他听见，却又喜悦他曾经听过她的演讲。

刘希坚便重新用眼光来抚摩她，——从她的头发，脸，颈项，胸部，一直抚摩到她的全身。他仍然从这个抚摩里得到浓郁的美感，一种饱餐的美感的满足。同时，他又在她的红润的脸色，兴奋的精神和乏力的体态上，给了她一种革命的敬意。他对于她今天的实际行动，感到空前的，含着感谢之意的愉快，如同她的讲演是直接的把他打动了一样。

他在她的沉思里向她说：

"你反叛了安那其……"

她立刻看着他，显然她是受吓了，露着诧异的神气，一面问：

"为什么？为什么？"

接着她镇静了，她客观地等着他的回答。

"你今天的行动和你今天的讲演……"他含蓄的说。

的确，她今天的行为和言论，都不是属于安那其斯特的，因为她的那些同志，那些骄傲的无政府党人，都是罗曼蒂克地干着革命运动，不会跑到群众里面去的。那些革命者，单单有一个乌托邦的新村和新村的乌托邦便足够了，便等于获得了革命的胜利，可以无忧无虑的唱着无政府的新村的歌曲，赞美着一个梦幻的美丽的世界。

她呢，近来不同了，她已经在一个剧烈的苦闷之中，把她自己从新村的幻想里拉了出来。并且她已经判定了——她自己革命的前途。她已经从幻想的安那其主义而开始动步，一步一步的走向革命的实际。同时她已经在列宁的几个重要的著作里，完全更正了她以前的幼稚和错误。并且她在布尔什维克的许多小册子里，她认识了，而且肯定的信仰了中国革命的正确的路线。现在，她的思想的统治者已经不是克鲁泡特金了。现在，领导着她，使她顺利地走向革命的大道，使她英勇地预备着以血来斗争，以赤裸裸的生命来争取革命的胜利的，却是领导俄罗斯革命的那个伟人。所以她今天参加这实际的运动，作为她的一页新的历史的开展。

这时她向着刘希坚微笑地望着，表示她承认了他的话。

"你不觉得奇怪么？"她隔了一会儿问。

刘希坚立刻回答她：

"不，一点也不。这是很自然的。"

她感谢的望了他一眼。

"你以前想到么？"她接着问。

"我很久以前就想到了。"他忠实地回答："我并且为这个自信心而经过了许多的苦闷。前几天看见你起草的安那其宣言，还使我不痛快了许多时候。但是，现在，我快乐了，我不会再感到那种苦闷了，当然这还得你继续的努力……"说了便凝视着她的眼睛，如同他在她的眼睛里，寻觅他的苦闷的代价。

她好久都不作声，只默默的微笑着。

"可是我一点都不知道。"显然她是故意的说。

刘希坚只用目光来答复她。

随后他们分开了。他们都异乎寻常地用力的握着手。她特别给他一个沉重的眼光，仿佛要把这一个眼光深深的放到他心上使他不能忘记。于是她又向着一群骚动的群众走去。

他呢，也走了，向着"我们的乐园"——那个共产党的机关走去，因为在那里，三点半钟有一个临时会议。

在路上，他又不断的看见着新的群众，新的骚动的叫喊，新的北京城的风暴。

"这是一个高潮！"

他愉快的想，并且一直的把这愉快带到他的同志们的面前。

二一

夜里三点钟，工作的疲倦把刘希坚带到睡眠中去了。他仿佛饮了迷魂的药水似的躺在床上，一瞬间便朦胧去——一切东西都离开他，那个高悬在空中的月亮也从他的眼睛里逃遁了，而且渐小渐小地，象一点细尘似的在一片伟大的乌云中消失了。跟着，那群众的骚动，便在他的头脑中重新的开展起来，他又直接的参加在这一个革命的斗争里……

——扑扑扑！机关枪在他的面前扫射。

——砰！砰！大炮在他的头上响着。

于是另一种轰动的声音，把他的周围的世界炸开了。他受了一吓的张起眼睛来，他模糊地看见了美丽的一缕晨光。

一团声音活动在院子里。

他起来了。擦擦眼，便拿了一枝香烟吸着，一面开了房门。

院子里聚集着许多人。学生，伙计，掌柜，女掌柜，成为一团地站在那里。

他走了过去。

女掌柜正和她的丈夫争论着：

"这不是日本货么？这不是日本货么？"她手上拿着一件灰色哔叽的长袍。

"这是德国货，"那个整天玩鸟儿的掌柜用生气的大声分辩说。

女掌柜不服气。她扬声的问着学生们：

"诸位先生，请你们瞧瞧看，"她把哔叽长袍抖了两抖。"这不是日本货么？吓！"

好几个学生同时说：

"可不是！这正是日本货。"

女掌柜便得了胜利的把一个笑脸转向她丈夫：

"瞧！先生们说的你听见没有？赶快把它烧掉！穿在身上，丢人！"

显然，这个玩鸟儿的老头子舍不得这件长袍，因为这件长袍很新，花了十二块大洋，在他的许多出客的衣服中算是阔气的一件，他不肯烧。

"得了，"他想着分解的说："这是一件旧的。"

可是他的女人被革命的浪潮打动了，她差不多变成一个红色的革命的分子，她不肯妥协。

"横直是一样，"她坚持着："旧的也是日本货呀。"便接着说出她的新名词："不要做凉血动物！"

"别骂街，"老头子啜嚅的说。

"谁骂街？"她的胆子更壮了。"你懂得凉血动物怎么讲？吓！你再活十年……"

学生们起了一阵笑声。

她沉着脸色说：

"随便你，咱们的掌柜，您如果不想烧，就用剪刀剪也行。"

老头子急坏了。他的光额上沁出许多大颗的汗点，脸色渐渐地发红，而且很苦闷的想了许久。

"好的，"他忍耐着心痛说，同时他想出了一个对付的法子——"那你的也应该烧。"

"我的衣服没有外国货。"她犀利的回答："我都是从老天成店里裁的，你说老天成还会卖外国货么？"接着指她身上的蓝布衫，向着学生们问："先生们，您说这是国货不是？"

掌柜并不等"先生们"的回答，便抢着宣布说：

"你有好几身洋绸子的，还有一条藏青色哔叽裤，那都是日本货。"

她急着分辩说：

"那不是。"

"你拿给先生们瞧一瞧。"

女掌柜真的跑去了，她一连蹬着她的小脚跟，走得却非常之快。她的宝贝的女儿便欢喜地跟在她后面。

"要烧一齐烧，"掌柜喃喃的说。

于是她拿来了一个黄色的包袱，满满的包着她的财产，因为她每月的"进款"都送到老天成去，那布店把她算做一个老门客，特别给她加一的尺头。

她的女儿帮着她把包袱解开了。老头子便一伸手就拿了一条新制的哔叽裤。

"日本货！"他得了报复的喜悦说。

她呢，差不多把迭得好好的衣服，一套一套的都拿上来，打开了，一面象展览一面自白的说：

"这是国货。"

老头子便反驳她：

"日本货！"

结果他们又取决于"先生们"的意见了。自然，学生们是很乐意于全部焚毁的，因为那包袱里面的衣服实在看不见国货的影子——至少也都是外国货。

"全是的，"许多声音在响着。

"只有那两件格子的，是国货，"另外一个人说。

老头子乐起来了。

"吓！比我的还多！"他洋洋自得的说。

女掌柜便好象听见迅雷一样的受了一大吓，她的脸变样了，一片青一片红地转变着，可是她终于激动的，毫不反抗的说：

"那布店不是好家伙！欺骗人！好的，现在把日本货英国货检起来，咱要烧它一个痛快！"

学生们便给她一阵响亮的鼓掌。

她用她的小脚把那些漂亮的衣服踢到一边去，如同她平常踢着一块猪骨头的样子。

"真的么？"老头子反迟疑的问。

"可不是真的！"她坚决的，豪气的回答："谁同你开玩笑？"便喊着她的女孩子：

"小囡儿，拿洋火去！"

老头子是忧愁的看着他自己的哔叽袍子，又看着他妻子的许多花花绿绿的衣服。

"加点煤油，"她接着喊。

于是，一阵烟，一阵臭气，同时是一阵笑声和掌声，旋转在这个院子里，延长了好久好久。

这情形，给了刘希坚的许多愉快之感。他没有想到平常只会"要钱"的女掌柜，居然把她的财产，几几乎占了她自己全部的财产，在抵制英日货的民众的运动中牺牲了，变成了疾恶帝国主义的一个切近于革命的人物。所以他把一种意外欢喜的笑意，带到他的房间里。

过了一点钟，当院子里的那些衣服的余烬还冒着青烟，刘希坚便出去了。

在街上，夏天的太阳张开金色的翅膀，安静地拥抱着整个喧嚣的城市。那黄瓦下面的红墙上，散着太阳灿烂的光辉，把许多新的——从来所没有过的东西照耀着。什么人都可以从那里看到，那粉笔写的，黑炭写的，墨笔写的，以及印刷的，那些充满着鲜红的血的流露——那些标语，漫画，传单，那些比一切美术品都更加有力的，在金色的阳光底下，抓着人们的视觉——

"抵制英日货！"

在街上，这口号不仅仅是一个口号了。它已经变成一个信念的车子，闪电一般的在风暴的北京城里急剧地转动。整个北京城的街市都被这一个车轮辗着，留着深刻的印痕了。所有的商店都在这车轮的印痕上贴着"本店不售英日货"以及"坚持到底"和"援助五卅惨案"的纸条。一切商店的门面和气象都改变了，都仿佛是一个爱打扮的女人脱去了她的艳装。从前，那些把英日货——把那标致的工业品当做商标一般的装饰着的商店，现在都把这装饰当做使人厌恶的东西，而且变成招致危险的物件了。尤其是洋货店和绸缎店，在它们把美丽的英日货搬出去之后，俨然象一个准备收盘的店铺了。许多美丽炫眼的东西离开了洋货店和绸缎店，它们有什么可剩呢，它们只象华丽的贵族没落到乡村去一样，变成了布衣的粗装。因此那长久被压迫在英日和其他外国工业品底下的国货——那中华农村社会的土产，便突然地抬头了。它仿佛是被压迫阶级的抬头一样，势不可当地操着全部的胜利，满满的，带着骄傲地占据了整个的商场。同时，商店老板的生意经便完全改变了，因为借物美价廉的外国货作为赚钱的目标，已经不是一种适用的生意经了。他们现在的生意经是聚精会神于国货的收罗，鼓吹，展览。每一个商店都这样的转变了。无论马路两旁的任何商店，都写着比斗子还大的"国货"挂在最使人注意的地方，并且把许多古板的，粗劣的国货横摆在店门口，如同"冰淇淋上市"似的，招徕着更多的新的顾客。假使有一个商店不把很充分的土产陈列着，立刻就有学生来检查，说不定立刻就被五卅惨案援助会把它判断要罚多少钱，并且也没有顾客——什么人都会不顾忌的向它的门口投进去一声臭骂：

"哼，奸商！"

同样，人们的衣服也改变了。从前，那些很出风头的外国原料的服装，现在是失了作用了，不但没有人会感觉到阔气，而且还成为万目仇视的目标。谁愿意犯着这样的众怒呢？假使有人穿了不象国货的衣服，一走到街上，便立刻有便衣的纠察队来跟着，在那衣服上洒了许多硝镪药水，使它自自然然的分裂了，破坏了，成了许多大洞和小洞。并且，另外还有许多小孩子，他们会悄悄的把一张纸条贴在那外国货的衣服上，贴在背上的便画着一只"亡八"，贴在屁股上的便写着"夜壶"，还跟在后面嚷着"大家看！好把戏！"引起街上行人的趣味和恶意的嘲笑。

抵制英日货便这样的疯狂着。而且,象一匹安息了太久的狮子一样,这疯狂正在继续的扩大着。

从这种严重的环境里一直地向前走着,刘希坚时时都害怕有人来惩罚他,因为他身上的洋服完全是外国货的——说不定就是那万众一心地,正在抵制的英国货呀。

可是,他以为他是幸免了。因为他一直通过好几条大街和胡同,他都没有发现一个人跟着他,或者有意的走近他身边来。

他自己安慰的想着——"侥幸"。同时他用一种愉快的眼光来庆祝这庄严的可敬的周围。

当他走到党部里的时候,他看见了王振伍,便笑着向他说:

"好危险!穿着这套旧货摊上买来的倒霉洋服!"

然而王振伍却从他的裤脚上找出了一张白色的纸条。

他笑了。

"不错。我们应该把纠察队好好的组织起来……"

那个同志便送来一个忠实的微笑。

二二

一团炎炎的烈火在天桥的一块大荒地上爆发着。乌黑的浓烟一直飞到天坛的亭子里。在前门外的马路上便可以看见那火焰——象一个伟大的魔鬼的血舌一样地,朝着无底的天空乱喷着。在这个火场的四周，没有一个救火队，只有无数的热情的观众。他们响应着这个烈火，彼此联合地嚷着庆祝的呼号，鼓动着热烈的掌声，因为这是他们的一个有意义的烈火呵。

烈火在奔腾着。气焰一步步的增高了。照耀着伟大的城楼，映红了南海与北海的水。北京的天空变成了赤色——赤色在天空占据着。一个非常的夜的世界，使北京城的民众兴奋起来了。他们，在三天以前便等待着这个红色的夜。他们要从这红色的夜里来证明抵制英日货的决心。这时，他们等到了。因此在火光的圈里，在赤色帷幕的笼罩之下，观火的人们是不断的增加，如同这地球上的万物正在不断的繁荣一样。

同时，在烈火中便发散着各种复杂的奇怪的气味，因为造成这烈火的炎炽的，不是木料，不是普通的一个失慎的火炬。它是各种各样的工业品造成的。它的成分是包含着许多丝的，纱的，羽毛的，以及五金的，经过化学的日用品和装饰品——一切从英日舶来的东西，联系地，混合地，建立了这一个炎炎的烈火的力量。所以在它的红光里，是一层层的堆满着，如同码头上的堆栈一样，堆着许多种类的货物——那费了许多金钱去买来的英国和日本的工业品，那剥削不进步国家的经济的武器，那中国的无数民众的膏血的结晶。但现在，这些东西又直接的在被剥削者的群众之前而焚毁了。而且没有一个人曾感到可惜。似乎一切人们都忘记是自己可怜的劳力所换来的。没有人在这个辉煌的烈火面前而回想着——意识到这些东西的代价。他们，等待着这一个烈火爆发的群众，他们完全被仇视和反抗帝国主义的英日的热情所迷住了，差不多这热情是统治着他们的全部的意识。他们对于这些曾经用最高价买来的货品，只认为是英日的经济侵略的工具。于是这个工具成为他们的仇视的目的了。他们仿佛毁灭了这个工具便成就了被侵略者的报复。当然，他们是英勇的。他们在沸点的热情的鼓动之中，他们就这样英勇地看着，欢呼着，鼓掌着这一个英日货所造成的光辉的烈火，而且满足这炎炎的烈火的高涨。

这时，观火的群众的热血和火光是一样的鲜红。许多人在红色的癫狂里便脱下身上的衣服——由他们自己的热情判定了是英日货，便踊跃地把它丢到火焰里去。仿佛，这一个光辉的举行——这一个焚毁英日货的火，变成古代西班牙的舞蹈会似的，红光里飞满了欢乐之花。

刘希坚也站在这个红色的区域里，他紧紧的挨着火圈的边线。他的面前是火，他的左右和后面是一层层的比火还红的群众。群众的热情象火光一样，压迫地照耀着他。他不自主的也极其兴奋起来了。可是他又压制着，他没有把西装投到火里，却估计着这烈火里面的物质的损失。

"三十万元……"他想。

然而在这个估计上，立刻有一种强有力的意识，使他精明地，向他自己给了一个观念的纠正：

"这不算得什么。"

同时，超过这三十万元的物品的损失，超过一切金圆的数目字，超过任何价值的那群众的热情，那高涨的革命情绪，那预演着将来的斗争胜利的序幕，又使他欢喜起来了。他热烈的望着奔腾的火，如同在火焰里看见了一个新的世界，象他常常所意识到的，象已经实现了的——那苏俄的世界一样。

火势仍然在增高着。火光扩大到远远的地方去了。红色的天野反照着红色的群众，各种声音象火焰一样的升到天空中，在红光里流荡着,而且是一种声浪跟着别一种声浪,聚合又分散,分散又聚合地,不断的重复和绵延着。

经过了三点多钟,飞跃的火焰才渐渐的降低了,才渐渐的象一个红色的狮子一样,在极度的扬威之后才渐渐的疲乏下去。

可是夜,它已经象一块铁板似的被烧红了,好久好久,仍然是平铺着朝霞一般的射着红光。

群众反更加兴奋的骚动着。呼号,掌声,舞蹈,重新地庆祝这个火。他们的脸被红光照耀着,同时被他们自己的热情鼓动着,涨得非常之红。他们的红脸上都浮着浓厚的笑,如同初开的红玫瑰花一样。他们的心里是充满着欢乐,骄傲,满足,红色的革命的情绪……

一直到火苗柔弱地飘忽着,可以看见火场里的一大堆灰烬,同时天空由鲜红转变到黯淡的血色,这时的群众才慢慢的走开,带着他们心上的烈火。

刘希坚也走开。他高兴的微笑着混在人们里面。他没有想什么,因为他的头脑完全被群众的疯狂占领了。他不能够有一点思想来分析这红色的集合。群众的高潮用什么尺来度量呢?有许多疯狂的行动是不能够用字眼来解释的。他一直被红色的疯狂支配着,一步步的走出这烈火的区域。

天空,已经渐渐的变成深蓝色了。远处的云幕里也闪出了隐约的星光。深沉的夜是神秘地娇弱地露了出来。许久,才从空虚的夜的边际,吹来一阵凉风,慢慢的,无力的掠过人们的脸。

刘希坚的脸还在发烧。他觉得被凉风吹着,有一种清爽的愉快。

凉风又来了一阵,这次是大胆的,而且象一只大翼似的从他的脸上拂过去，拂了许久。

他好几次回头望着那火场，余焰还在那里飘忽着，形成一个低低的红色的圆形。

他不禁的想：

"空前的举动……"却忽然听见一种声音：

"哈，是你！"

他笑了，一面缓了步伐一面侧过脸去。

一个比深沉的夜还要黑的影子，立刻向着他飞快地跑过来。他一眼便认出是白华的影。

她穿着一身黑，黑的头发披散在雪白的颈项上，如同一片月光被一缕乌云围绕着一样。

"你也来了……"他笑着说。

他们握了手，又互相挽着，并排的向前走。

她快乐的说：

"今夜我真兴奋，这是太使人兴奋了。"接着便问：

"你呢？你怎么也在这里？"

许多群众走过他们的身旁。

"我是有责任的。我是监察委员之一，我老早就来了。什么人都看到，单单没有看见到你。"他回答。

她十分有兴味的说：

"火焰把我们隔住了。可不是么？我也是很早就来的。不过我没有责任，我只是一个群众。但是我从来没有看见过这样的火——这是和一切的火都不一样的。我简直说不出什么话了，好象我的一切都跟着那火焰飞到天上去,飞到比天上还要高的地方……"

他微笑着。

"在群众里面才真的看见到革命的情绪!"她热烈的声音说:"不是么,革命者是不能够蹲在房子里面?"

她热情的望着他,他看见她的脸上有两颗晶莹的星光,闪耀在黑夜里。

"你这样觉得?"他笑着问,一面更感着亲切的挽紧了她的手腕。

"不,"她自白的说:"不是一时的感觉,是信仰。我认为革命是实际的行动,不是口上的清谈。"她又望了他一下,"安那其的新村就是清谈……"她带点羞惭的笑了。

他微笑地看着她,又把脸移近去,轻轻的挨着她的头发,亲热而恳切的问:

"白华,在革命上,你信仰了共产主义么?"

她坚决的回答:

"是的。可以这样说。可以说共产主义是我的革命指导,它永远都是我们的领导者。我信仰了,你不觉得奇怪么?"她又望着他。

"不。我已经说过,对于信仰共产主义是极平常的事情,除了诅咒它的资产阶级以外,什么人都会信仰它的!"

她向他微笑。

"我的意思是说我以前是……这不必说。你知道,我转变得太快了?"接着她热情地,又带着悔意地,说着她过去的许多不可宽宥的错误。甚至于那些错误还有点无聊和可笑。"然而无政府党人都是这样的。"她结局说,"我回想起来就对于我自己很反感。"

"这不算什么，"他解释说："我们的前途是很远很大的。我们过去的一段历史在我们整个的生存中并不能够占有怎样的地位。我们新的历史从现在展开，这就很够我们来努力的。并且共产主义是永远容许每一个革命者来纠正错误，来努力新的历史的斗争。"说了便握着她的手，她的手是很用力的，很感动的，紧紧的和他握着。

他们不说话，可是他们的思想正在交流着，象两道洪流的汇合一样，在他们的脑海里起着响声。

所有观火的群众都走过他们的前面去了。在他们的周围没有人影。幽黯的深蓝色的夜平安地舒展着，露着一条银色的天河，群星闪耀地欢乐地点缀着这夜幕。几缕白云在那里飘荡，这边那边，如同几幅舞蹈的素裳似的在天庭里点缀着。

夜声，虚弱地流荡在空气里，又隐隐的消失了。在远处，一切建筑物都静静地，如同忏悔的教徒们静静地伏在上帝的面前一样，毫无声息的不动的伏着。

他们时时都听见他们彼此的脚步声，有时他们还听到彼此的呼吸，彼此的机体上的活动，响在寂寥的深夜里。

他们穿过前门了。

他们的谈话又继续着。他们都低声的说，可是他们都听到，整个的宇宙都充满着他们的谈话的声音。仿佛这个夜是一面澄清的海，没有什物，只是他们的思想在那里自由地游泳，自由地作着游泳的表演。

他喜欢这样的夜，因为他常常在深夜里完成他的各种问题的解决；同时他又喜欢紧张的白天，因为在白天他又开始新的工作。

这时他是十分愉快的。他用喜悦的眼光去看她，他重新感觉到她的美,她的眼睛正在闪动着新的异样的欢乐的光辉。

他们都不自觉的走过了长安街,又走到北池子。于是分开了。她走去两步又跑转来,抓着他的肩膀说:

"你再给我一些书看……"接着她还要说什么,可是没有说出口,便望了他一下,走去了。

他站着望她,许久许久才又走向西城去。

他的微笑浮在深夜里。

二三

清晨展开了。新的一天正在开始。太阳从灰色的云幕里透出光芒来。灰色的云消散了。露水还依恋地吻着一切树叶,在阳光中闪着晶莹的光彩,同时又在阳光里慢慢的隐了去。一切都在晨光里变动着。

北京城也跟着这晨光变动起来了。仿佛这一个大城是一只猛兽,又从熟睡里醒起来,醒了便急剧的活动和叫喊,造成另一种不同的新的空气。

商店还没有开门。可是街道上已经热闹起来了。那闹声,并不是市廛的喧嚷。许多"打倒英国日本"的呼号很清醒地唤起了一切人们的瞌睡。立刻有许多人参加到街道上来。

在街道上,不论是大马路或小胡同,都陆续的出现着新鲜的队伍——学生们拿着白旗,旗子上写着:

"援助五卅惨案募捐队！"

满城的阳光都被这旗子弄得很纷乱了。到处，都活动着无数穿长袍戴草帽的学生群众，并且女学生和小学生也到处出现着。白的旗子，象无数白色的鸟儿，在充满着光明的空间里不断地飘舞着。并且每一队里都有一扇大旗，如同军营的大纛似的，高展在许多小旗子上面，雄壮地直竖在湖水色的天庭中而飞扬着。

每一个募捐队里都有一个人拿着几个装钱具，有的用几个泥巴的扑满，他们要尽量的把它装满去，寄给上海的罢业群众，和倒毙在帝国主义枪口之下的牺牲者的家属。

募捐队的行动是很热烈的。他们并不象那些"建庙""修刹"一般地向人求乞。他们是英勇地站在革命的战线上来征集作战的武器，向着每一个同胞，每一个都有切身利害的同胞，要他们各尽一种天职的义务。

"捐钱！"

"捐钱！"

"随便捐多少！"

这种种声音在无边际的天庭中响着。而且，象电流和电流交触，象无线电播音器一样地，同时在整个的北京城里，在北京城的任何地方，纵然是很小很小的胡同里，都同样的响着，响着，这声音是不断地，扩大和增高。

辉煌的太阳吐着喜悦的光照耀着募捐队，每一个募捐员的脸上都显露地飞跃着勇敢的笑，并且彼此的笑在同一意义之中互相地交映着，灿烂在辉煌的阳光里。

他们是热情的。他们的青春的生命使他们跳动着。反抗强国的压迫，反抗英日帝国主义的凶暴，反抗一切对于被压迫民族的侵略，这种种热情都充斥着青年的心。他们，正在青春期的生长里，他们是力。他们能够把革命的火焰从他们自己的心上燃烧起来，并且还能够燃烧到别人的心上，在这联系的燃烧之中造成了燎原。

这里，所有的募捐队都是这样英勇地执行他们的职务。他们热情地向任何人捐钱。

"请你站住！"他们一看到行人，便立刻围拢去。

如果有一辆汽车开来，他们便好象得到宝贝似的，一齐站在马路的中心，把大纛一般的旗子横在马路上。

"至少五块！"他们拦着汽车说。

并且有许多募捐队还直接募到政府机关，公馆，人家以及游艺的地方——电影场，戏院。有几队女学生便跑到八大胡同去——向那些茶室，那些班，那些姑娘们去募。那些被不幸的遭遇而成为一切人们的肉的娱乐的妓女，她们在募捐员的讲演之下都感动着，把她们埋葬在虚伪场中的人类的情愫，重新从她们染着伤痕的心中复活起来了。她们听到五卅惨案的叙述，听到水门汀上的被屠杀的同胞的尸首和血，她们哭了。她们同情地和募捐的女学生亲近起来。以前，当女学生进来的时候，她们还是很畏缩地不敢和她们说话。现在她们之间的隔阂打破了。她们是一样的——没有什么高低和贵贱。那同情，把两种生活的人们的心溶化着。她们捐了钱——尽量的新鲜的捐，有的是出乎募捐者的意外地捐了十元，二十元，三十元，并且她们还向着那些摆阔的嫖客们代募了许多。

白华，珊君，还有好几个女同学，她们这一队也募到青莲阁的班子里。许多妓女都从床上爬起来，远远地，惊诧地看着她们。老鸨母很吃惊的跑来打招呼。

白华便告诉她们：

"我们是募捐的。不要怕！"

接着她便坦然地，站在那粉香花影的庭院里，讲演起来了。

那年轻的，然而都是很憔悴的妓女们，便陆续地走上来围绕着她。

有一个妓女念着那旗子：

"北京大学五卅惨案募捐队第十八队。"

于是她的演说便渐渐的象一个泉流，在岩石上面流过去，留着湿的痕迹。

她渐渐的从那些脂粉狼藉的脸上看出她的讲演的胜利。她看出她们的同情心从她们的脂粉之间显露出来。而且，渐渐的，她们都热烈的感动起来了。当珊君把一张五卅惨案的画报拿给她们看的时候，许多娇弱的声音都变成尖锐的尖叫了。叹息，眼泪，在募捐队的周围响着，落着。这结果，那抱在珊君手里的泥巴的扑满，便不断的从那小嘴上吃着大洋钱，钞票，钞票和大洋钱混杂着。

当她们离开这里的时候，有一个十六七岁的很娇俏的小妓女便喊着跑出来，手上拿着一张五元的钞票，她自己分外欢乐地把钞票送了两下，便塞进那个扑满去。

"不错……"白华高兴的说。

"六十七块，"珊君也高兴的回答她。

另外一个女同学说：

"还不止。我记得是八十二块。"

"有三张十元的钞票，"又一个说。

她们都满足了。她们的满足就象那扑满吃饱了洋钱和钞票一样。她们的心头是满足的堆着欢乐。她们的脸上便浮着得意的笑，仿佛好几朵水红色的蔷薇花盛开在晨光之中。

她们又走到第二家去募。她们是一家又一家地，游行在这样的花苑里，而且她们一面募捐，一面饱览了这个不是女学生们游览的境地。

她们的工作继续着。一直到下午三点钟，她们的三个泥巴的扑满都装满了，沉重地，压着她们的细软的手腕。

"今天的成绩不错，"珊君笑迷迷的说。

"简直好极了，"她的同学也笑着。

白华呢，她完全不能说话了，因为她的整个头脑里都充满着这个空前的壮举的胜利，以及她自己被这胜利所迷惑的一种红色的快乐。

她们便凯旋一般地走回去了，她们之中有一个低声的唱着进行曲，大家高举着旗子，把旗子在下午的阳光中高摇着。

她们走到南池子。珊君忽然大声的叫：

"希坚来了！希坚来了！"

白华便立刻举起眼睛去看。果然，刘希坚和王振伍并排的走，一面说着一面微笑着，旁若无人地走向这边来。

"站住！"珊君向他们喊，并且把左手张开去，用旗子去拦住他们的去路。

他们站住了。刘希坚便笑着，向她们点头。

"好，"他玩笑的说："你们是满载而归！"一面，他的眼睛和白华的眼睛作了一次谈话。

"捐钱！"她的一个女同学说。

王振伍便老实的回答：

"我捐过了。"便从口袋里，把一张"已募捐一元"的证券拿出来。

"捐过也要捐。"珊君说："一个人捐两次算多么？"

"不算多。"刘希坚笑着说："我再捐两毛。"

"不行。至少一块。"

"只剩两毛。"

"你呢？"她向着王振伍问。

"实在对不起，"他几乎红着脸说："我只有铜子。"

"谁要你铜子！"

"没有怎么办呢？"

"记帐。限你明天送来。准定一块钱。"

他们笑着答应了。可是珊君又把刘希坚的两毛钱塞到扑满里。

谈了几分钟便分开了。刘希坚和白华握了手，便仍然和王振伍并排的走去，说着和笑着，走向他们的机关……

路上，现着许多飘舞着白旗子的，那胜利的募捐队的晚归。

二四

沉默的，广大的天安门骚动起来了。它，一向都是平铺着大的，有规则的石板，使人望不到边际似的舒展着平静的大道，如同一片白色的无波的海面。平常，它是空虚的，因为没有东西能够使它充实——雄壮的汽车驶过去，只象一片凋零的叶子。许多古老的树木也不能使它披了绿荫，那太阳光总是很普遍而且强烈地把它笼罩着，使平铺的石板上反映了太阳的光耀。无论是冬天和夏天，在一年中的每一个日子里，它都是冷冷的，寂寂的，如同一片寂寞的沙漠似的，躺在伟大的宇宙里，使北京城增加了伟大的表现。

然而它骚动了。它一直从几百年的安静里，急剧的骚动了。无数人们的声音把它喊了起来，把它从深沉的睡眠里叫醒了。现在，它不象从前的——被专制的皇帝当做不可侵犯的尊严的禁城里的平野。现在，它成为空前的一个无数人民的示威的集中地。它变成了革命的天安门了。

那临时的一个木架的建筑——革命的讲演台，高高地站在天安门的当中。台上的白色的标语，严肃地在早晨的金色的阳光里飞扬着。台的下面，那左右，那两条伟大的瀑布似的，一直拖延去，写着"誓死为五卅惨案的被难同胞复仇！"和"反抗英日帝国主义的残酷屠杀！"并且有一块墙似的木牌上，写着抗议的十三条件：

    1. 撤销非常戒备。

    2. 释放被捕华人，恢复被封学校。

    3. 凶手先行停职，听候严办。

    4. 赔偿伤亡及各界所受损失。

    5. 道歉。

    6. 收回会审公廨。

7. 罢工工人仍还原职，不扣罢业期内薪资。

8. 优待工人。工作与否，听工人自愿。

9. 华人在工部局投票权，与西人一律平等。

10. 制止越界筑路，已成者无条件收回。

11. 撤销印刷附律，码头捐及交易所领照案。

12. 华人在租界有言论，集会，出版之自由。

13. 撤换工部局总书记鲁和。

另一块木牌上便写着这十三条件的交涉经过，说明这条件是最低限度的要求，是被压迫民族的最可耻的国耻，然而这样的条件仍然遭六国——英日法意美比——委员的拒绝，甚至于这几个帝国主义者用强硬的态度来拒绝五卅惨案事件的谈判。弱国无外交是完全在这个事件上证明了。"我们必须靠民众团结的坚固的力量来争取最后的胜利！"这一个口号沉痛地，英武地横在讲演台的前面，横在无数民众的眼睛里。

无数的民众便向着这个讲演台走来，而且慢慢的集中了。他们象无数蚂蚁样在天安门的石板上蠕动着。他们不断地，象不断的河流和江流一般地，向着这一个海里汇合。而且，他们不断地越来越多。他们的旗子象无数军旗似的在无数的人头上动着，飘着，舞着。纷纷的人声把平和的空气完全激荡了，那广大的天空里便奔腾着一种伟大的混合的声浪。人们的脚步是踏满了这广阔的天安门的平野。

一种被压迫民族的愤怒的火，在全部民众的灵魂里燃烧着。他们的火焰升腾到他们的脸上，升腾到伟大的天安门的天空，升腾到炫耀的太阳里。

他们变了，不是平常的安分的人类了。他们的心上是充满着斗争的热情和斗争的血。那美丽的和平世界的梦，从他们的惨笑里消逝了。他们知道，一切平等的恩惠都是虚伪的欺骗，被压迫民族的羞耻只有用自己的血来消灭。以前，他们是柔顺的半殖民地的人们，可是这时，他们是狮子！

他们在今天的集合中，每一个人的自己都暴发了疯狂，同时又被整个的疯狂鼓动着，旋转在疯狂的风暴里。

他们唱，叫喊，暴动。他们全体地，溶化着，变成一个可以吃人的猛兽。因为那帝国主义的凌辱，已经在懦弱的中国的国民性上丢了一个炸弹，把它毁完了。一种新的，英勇的，斗争的国民性便仿佛春天一样，在严冷的冬的王国里开始萌芽，生长，而且迅速地繁荣起来。

这时，他们在全国总示威的运动之下，他们的血和热情使他们表现了战士的行动。他们可以立刻用赤手和空拳，跑到对抗帝国主义进攻的最前线。

他们的眼睛都集中在讲演台上，热烈而且沉毅地盼望着，仿佛他们是等待着讲演台上的指导者的命令——如果是要他们"进攻公使馆"，那他们便立刻出发。

当一个喇叭忽然响出声音来，跟着这声音便响着无数霹雳，无数海啸，无数山洪的暴发——无数群众的轰动天空的骚动，欢呼……

喇叭又响着，第二，至于第五次。

"开会！"最后，这声音象电流一般地从民众的疯狂里通过了。

看不清的那飞舞的旗子才渐渐地不动了。看不清的那十几万的人头才渐渐地平静了。空间才渐渐地反响着宏大的回音——这回音向远远的地方飞去了。如同一个雷音在云幕里慢慢的隐去了一样。

于是，在灿烂的太阳里，二十多万只的烈火一般的眼睛，闪耀而欢乐地朝着讲演台上看着。同时，二十多万只耳朵也在紧张的空气里，静静的，静静的，倾听着讲演台上的一切响动。

安静了几秒钟。这个全国总示威的群众大会便开会了。

讲演者的喇叭的声音，群众的骚动和叫喊，象一阵暴雨跟着一阵狂风，紧紧的相联着，相联着，而且重复又重复地，占领着这广阔的天安门的平野，占领着伟大的天空和灿烂的太阳。

一切，被革命的疯狂包裹着。

刘希坚站在这疯狂的十几万群众的骚动之前也把他的声音叫嗄了。他已经讲演了许久许久。他的许多语言还奔腾在他的喉咙里，可是他尽力的说，却没有很大的声音从喇叭里响出来。他的音带已经在病痛着。仿佛他的喉管要分裂了。他痛苦地挣扎着。又尽力的说，终于他不得不省略了他的语句，向革命情绪正在高涨的群众结束了他的演说：

"我们要知道，帝国主义的野心是没有穷止的。每一个帝国主义只想——而且在努力的实行——把次殖民地的中国变成殖民地，把中国的人民由被压迫民族的地位变成更坏的殖民地的奴隶地位。因此，我们不但在国际上得不到平等待遇，我们简直不能够在帝国主义的世界里生存下去。然而我们是要生存的。我们——全中国的民众——谁愿意消灭呢？当然，我们在人类里面，同样有要求生存的权利。可是，现在，帝国主义不让我们生存！帝国主义的野心不但采取政治的侵略，经济的侵略，文化的侵略，并且还暴露强盗的行为，用枪炮来直接屠杀。这是说明什么呢？说明一句话：每一个帝国主义都张着血口，要把中国一口气吞下去！所以，我们不能够再等待了。我们必须起来，立刻起来，用我们的血和生命，和帝国主义作肉搏的斗争。我们要从斗争中取得最后的胜利。我们不要退却！否则，我们——全中国人民——不会有一个幸免的，变成帝国主义的奴隶，把我们埋葬到地狱去！"

他不能再说下去了。一种硬塞的东西把他的喉咙封锁着。他的整个喉管都象玻璃一样的破裂了。仿佛在他的口里，已经迸跃出了许多血丝。他无力的把喇叭从脸上拿下来，亲切地望着群众，浮着兴奋的微笑地，退了进去。

群众叫喊了。旗子乱动着。欢呼和掌声震撼着整个的宇宙。

跟着，另一个人又讲演了。连续地一个又一个的演说，把群众的疯狂变成一个巨球，不断地在讲演台的四周旋滚着。

当灿烂的阳光移到西方的边际，这个空前的群众大会才宣告闭幕。然而十几万人的群众仍然在天安门的平野上，聚集着，而且继续地欢呼，叫喊和骚动。如同无数波涛汇成了一片似的，不易分开地飞着巨大的海啸……

刘希坚从讲台上走到骚动的群众里面。他咳嗽着，把一块手帕掩在口上，那白色的手帕上染着许多红色。

他感觉得很疲乏。可是他又觉得他的一切都生长在兴奋里。这时，他的力气是很贫弱的，但是他的血又在猛烈地跳动着。他微笑。他努力地在群众里走了许久。随后他走开了，他忽然看见一个学生砍断了手指，把红溜溜的血写到墙上去：

"为五卅烈士复仇！"

同样鲜红的血，如同海浪一般地，在他的心上飞跃着。

二五

这一天，距离那风暴——那红色的全国总示威的一个星期之后，刘希坚又从他的机关里走了出来。

微笑浮在他脸上。一种快乐的光辉在他的消瘦的脸颊上显露着。他感觉着新的喜悦地，走出那机关的红色的大门。

"现在，她可以向新的世界走去……"他心里想着白华。

一面，他愉快地望着天空，那里是澄清地现着一片蓝色，下午的阳光正在灿烂地照着那些墙上的标语……他突然想到天安门的墙上的血。那伟大的总示威的政治意义，便重新在他的脑海里活跃着。

他沉思了一会儿。

在后面，两个人影很快地走近了。一种坚实而粗大的喉音，从他的脑后送过来：

"希坚！"

他一看，便笑着站住了。

"你们俩……"接着便改了口气说："你们到那里去？"眼睛却含意的瞧着这一对——近来，因工作的联系而推动了爱情的这一对，觉得这正是很合式的一对伴侣。

"可不是？"王振伍伸过手来说："正想找你去，却碰见了。"仍然很豪气地，而且很有劲地和他握着手。

刘希坚笑着。"找我？"他问："有什么事？"便偏过脸去，和张铁英也握了手。

"的确是找你，"王振伍老实的说。

"好，到我公寓去。"

三个人便一同走了。

在路上，他们谈起来。

王振伍先对他说——说了许多革命的前途的意见。尤其是对于把五卅惨案的交涉弄成失败的军阀政府，说了很愤激的革命的言论。随后，说到他自己的事情了，便低声的在刘希坚的耳边说：

"昨夜，我向她表示了，她同意……"

刘希坚便亲热地把一只手放在他的肩膀上，一面笑谑的说：

"好同志！庆祝你胜利！"

一种光辉的欢乐笼罩着王振伍的笑脸。他赶快补充说：

"她并不是失败呀！"

刘希坚笑了：

"当然，"他说："这是双方胜利的事情。任何一种斗争，都没有这种情形的。这只是恋爱的特殊形态……"说了便微笑地望着这个忠实的同志，又望着张铁英，而且想起她以前曾给他的那情意，便感着兴味地落在一种有趣的沉思里。

"你们说什么呀！"张铁英有意的喊了一声。

"说你。"刘希坚笑着说，并且把眼睛定定的看着她。

显然，她的脸是飞起了一阵红润，那异样的红色，从她的健康的红色里透出来。

她不说什么话。她只把一双大眼望了他一眼，似乎向他作了一种抗议。

王振伍忙着说：

"她就要走了。"

"到那里去？"刘希坚正经的向她问。

张铁英的红润慢慢的褪去了，她现着镇静的态度回答着：

"到河南去。昨天才决定派我去的。我呢，我很喜欢这种工作。因为我是从农村里长大的，我知道那些农民的痛苦，并且我还知道他们的优点和缺点，我去干农民运动正是合宜的。并且，在我个人的能力上，我也觉得我最好是干农民运动的工作。尤其是在我们的总路线上，我们目前的任务，领导农民革命是很重要的。所以我很欢喜，我可以把自己深入到农民群众里面。"

的确，她是很欢喜的。革命的工作，常常都是使布尔什维克感到欢喜的。她的脸又红了，然而是一种革命的红的颜色，造成了她的一种使人敬重的气概。

"好极了。"刘希坚说，一面伸过手去和她的手握着。"深入到农村去，这是很严重的目前工作。无产阶级革命的战线上，农民是一个最有力量的队伍。我们必须推动农民在无产阶级领导之下成为前锋队。"接着他勉励了她，希望她在这个伟大意义的工作上，得到伟大的成功！末了，便问她：

"什么时候走？"

"明天或者后天。"她回答："我今天特别来看你的。"便向他微笑着。

他也回答她一个微笑。这微笑是充满着广泛的意思的，而且最重要的意思是表示着：

"以前的事情是过去了，现在我们是好同志！"并且他感谢她来看他。

于是，他们三个人便欢乐地谈着走到三星公寓了。他们在房间里又欢乐地谈了许久。一点钟之后，这两个同志才走开。当刘希坚用两只手握着他们俩，当她说着"再见"的时候，他不禁的动着感情，仿佛有点不舍之意地，望着他们的背影，望着她和王振伍在阳光里走去。

"女同志，"随后他走进房间里来，便想着："在工作上，一个不容易得的女同志。"

接着他又想起了白华。那种光辉的微笑又浮到他的脸上来了。他想着，便立刻走出去。可是在胡同口，两人就碰见了。他一下握着她的手，第一句便告诉她——在今天的会议上，已经通过了她的加入……

"白华同志！"他欢乐的向她说。

她笑着。她的脸象一朵初开的花朵，含笑，新鲜而美丽。

"那末，我就要开始工作了。"她热烈地，眼睛闪着希望之光地，快乐地说："他们派给我工作没有？"

"还没有。过两天就要派的，"他笑着回答。

"你想他们会派给我什么工作？"她十分热情的说："我自己，我喜欢我到工厂里去。我认为必须和工人打成一片。不是么，我们的革命的胜利是应该工人阶级来决定的？"

"不错，"他又笑着回答："到工厂去，这是最迫切的，而且最重要的工作。无产阶级革命，当然要无产阶级自己起来才有胜利的可能。……你愿意做这方面的工作，我可以替你想法子。"接着他望着她，他的眼光里带着敬意，同时又带点爱慕地，把她望了许久。

她在微笑。

这时在他们之间有一种联系的欢乐，而这种欢乐是新的，又仿佛是旧的，从这个眼里飞到那个眼里。他们的心在相印着。

飘过了默默的几秒钟。

刘希坚向她说：

"回想起来是有趣的，"他含蓄着许多笑意和爱意的望了她，"那从前的我们对立的意见，那些几乎要决裂的激烈的论战，现在看起来，都变成很有意义的。你记得不记得，那最后的一次……"

她笑着点着头。

"你的胜利，"她低声的说。

可是他改正了：

"不。不是我的。那是——共产主义的胜利！"

"对的。我说错了。"她热烈的笑着说："我们是，在这种胜利之下工作的。"

他同意地看着她。他们两个人便动步了，向着灿烂的阳光里走去。一种伟大的，无边际的光明平展在他们的前面。

中秋节

离开我的故乡，到现在，已是足足的七个年头了。在我十四岁至十八岁这四年里面，是安安静静地过着平稳的学校生活，故每年一放暑假，便由天津而上海，而马江，回到家里去了。及到最近的这三年，时间是系在我的脚跟，飘泊去，又飘泊来，总是在渺茫的生活里寻觅着理想，不但没有重览故乡的景物，便是弟妹们昔日的形容，在记忆里也不甚清白了；象那不可再得的童时的情趣，更消失尽了！然而既往的梦却终难磨灭，故有时在孤寂的凄清的夜里，受了某种景物的暗示，曾常常想到故乡，及故乡的一切。

因为印象的关系，当我想起故乡的时候，最使我觉得快乐而惆怅的便是中秋节了。

在闽侯县的风俗，象这个中秋节，算是小孩子们一年最快乐里的日子。差不多较不贫穷的家里，一到了八月初九，至迟也不过初十这一天，在大堂或客厅里，便用了桌子或木板搭成梯子似的那阶级，一层一层的铺着极美观的毡子，上面排满着磁的，瓦的，泥的许多许多关于中国历史上和传说里面的人物，以及细巧精致的古董，玩具，——这种的名称就叫做"排塔"。

说到塔，我又记起十年前的事了：那一年，在许多表姊妹表兄弟的家里，都没有我的那个塔高，大，和美了。这个塔，是我的外祖母买给我们的，她是定做下来，所以别人临时都买不到。因此，这一个的中秋节，许多表姊妹兄弟都到我家里来，其中尤其是蒂表妹喜欢得厉害，她老是用她那一双圆圆清澈的眼睛，瞧着塔上那个红葫芦，现着不尽羡慕和爱惜的意思。

"老看干么？只是一个葫芦！"我的蓉弟是被大人们认为十五分淘气的，他看见蒂表妹那样呆呆地瞧着，便这样说。

"我家里也有呢！"她做不出屑的神气。

"你家里的没有这个大，高，美！"

"还我栗子！都不同你好了！"蒂表妹觉得自己的塔确是没有这个好，便由羞成怒了。

"在肚子里，你能拿去么？"蓉弟歪着头撅嘴说，"不同我好？你也还我'搬不倒'！"

于是这两个人便拌起嘴来了。

母亲因为表姊妹表兄弟聚在一起，年龄又都是在十岁左右，恐怕他们闹事，故常常关心着。这时，她听见蓉弟和蒂表妹争执，便自己跑出来，解分了，但蒂表妹却依在母亲身旁，默默地哭着。

"舅妈明年也照样买一个给你，"母亲安慰她。

"还要大！"蒂表妹打断母亲的话，说着，便眼泪盈盈地笑了。

我因为一心只想到北后街黄伯伯家里去看鳌山，对于这个家里的塔很是淡漠，所以说：

"你如喜欢你就拿去好了，蒂妹！"

她惊喜地望我笑着。

"是你一个人的么！"然而蓉弟又不平了，"是大家的，想一个做人情，行么？吓！"

"行！"我用哥哥的口气想压住他。

"不行！"他反抗着。

母亲又为难了，她说：

"得啦！过节拌嘴要不得。我们赶快预备看鳌山去吧。"

"看鳌山？"蓉弟似乎很喜欢，把拌嘴的事情都忘却了。"大家都去么？"他接着问。

"拌嘴的不准去。"

"我只是逗你玩的，谁和谁拌嘴？"蓉弟赶紧去拉蒂表妹的手。

"不同你好！"她还生气着。

"同我好么？"我问。

她没有答应，便走过来，于是我们牵着手，到我的小书房里面去了。

在表姊妹中，我曾用我的眼光去细细地评判，得到以下的结论：

黎表姊太老实，古板，没有趣味；

芝表姊太滑头，喜欢愚弄人，不真挚；

梅表妹什么都好了，可惜头上长满癞疮；

辉表妹真活泼，娇憨，美丽，但年纪太小，合不来！

只有蒂表妹……我没有什么可说了。

这时候我和她牵着手到书房里，而且又在母亲和蓉弟面前得她默默地承认同我好，心里更充满着荣幸的愉快了。我拿出许多私有的食品给她，要她吃，并送她几张关于耶稣的画片。末了还应许她到西湖去，住在她家里。她说：

"你同我好是真的么？萱哥！"

"骗你就是癞狗！"

"恐怕舅舅和舅妈不会准你去我家里吧？"

"那不要紧！你说是姑妈要，还怕什么？"

"那末你读书呢？"

"念书？"这可使我踌躇了。因为那个举人先生，讨嫌极了，一天到晚都不准我离开桌子，限定背三本《幼学琼林》，《唐诗》，《左传句解》，和念一本《告子》注，以及做一篇一百字的文章，默写一篇四百字的小楷，模仿一张四方格的大字，真使我连吃饭和上厕的时候都诅他；然而他依样康健，依样用两寸多长的指甲抓他的脚，头，耳朵，和哭丧着脸哑哑地哼着"落霞与孤鹜齐飞，秋水共长天一色！"……有时瞌睡来了，便团了一根纸捻放到鼻孔里旋转着，打着"汽，汽"的喷嚏，将鼻涕溅散到桌子上，又拍一下板子说：

"念呀……"

他的脸……

"你怎么不说话呢？"蒂表妹突然推一下我的手腕，说。

"念书可就不好办了！"我皱着眉头。

"不管他——鬼先生——不成么？"

"不成。"

我们于是都沉默着。

经过了半点多钟，表姊妹表兄弟们便跑进来了，嘻嘻哈哈地，现着极快乐的样子。

159

"我们马上就看鳌山去了！"宾表哥说。

"你不去么？蒂妹！"黎表姊接着问。

"我不想去了。"蒂表妹没有说什么，我便答道："你们去好了。"

"又不是问你！"蓉弟带着不平讽刺的意思。

"不准你说话！"我真有点生气了。

幸得母亲这时候走进来，她似乎还不曾听见我和蓉弟的争执，只问我：

"萱儿！你在这里做什么？"

我摇一下头，表示没有做什么事。

母亲便接着说：

"看鳌山去吧。"

"我不去。"

"为什么呢？"

"不为什么。"

"那么，"母亲向着蒂表妹说，"你去吧。"

"我也不去。"蒂表妹回答。

"也好。你们好好地玩，不要拌嘴。"

于是母亲领着表姊妹表兄弟们走了。

看鳌山，这是我在许多日以前便深深地记在心上的事，但现在既到了可看的时候，又不想去，自然是因为蒂表妹了。

"你真的不想去看鳌山么？"母亲们都走去很久了，她又问。

"同你好，还看鳌山好么？"

她笑了。

天色虽是到了薄暮时候，乌鸦和雁子一群群地旋飞着，阳光无力的照在树杪，房子里面很暗淡了，但我隔着书桌看着她的笑脸，却是非常的明媚，艳冶，海棠似的。

"只是蒂表妹……我没有什么可说了。"我又默默地想着在表姊妹们里所得的结论。我便走近她身边去，将我的手给她。

"做什么呢？"她看见我的手伸过去，便说。

"给你。"

"给我做什么呢？"她又问。

"给你就是了。"我的手便放在她的手上。

"你真的同我好呀！"她低声地说。

"谁说不是？"

"也学舅舅同舅妈那样的好么？"

"是吧？"我有点犹豫着。

"舅舅同舅妈从不拌嘴，这是妈告诉我的。"

"我们也全不拌嘴。"我接着说。

"这样就是舅舅同舅妈那样的好了。"

"那你还得给我亲嘴。"

"亲嘴做什么呢？"

"你不是说我们象舅舅同舅妈那样的好么？舅妈常常给舅舅亲嘴的，我在白天和夜里都瞧见。"

"是真的么？"

"骗你就算是癞狗！"

"那……那你就……"

她斜过脸来,嘴唇便轻轻地吻上了。

明透了的月亮,照在庭院里,将花架旁边的竹林,疏疏稀稀地映到玻璃窗上,有时因微风流荡过去,竹影还摇动着。我和蒂表妹默默地挨着,低声低声地说着端午节的龙舟,西湖的彩船,和重九登高放纸鸢,以及赌纸虾蟆,踢毽子……说到高兴了,便都愿意的,又轻轻地亲一下嘴。

"你看!那是两个还是一个?"当我们的脸儿偎着,她指着那窗上的影儿,说。

"两个。"我仰起头去,回答她。

"是一个。"她又把我的脸儿偎近去。

"真是一个!"这时我的头不仰起去了。

"好玩!……"她快乐极了,将我的脸儿偎得紧紧地,眼睛斜睨着窗上。

我们这样有意思的玩着,大约只有一点钟,母亲和表姊妹表兄弟们都回来了。蓉弟便自夸奖地在我和蒂表妹面前说:

"鳌山真好,好极了!龙吐水,还有……还有……吓!龙吐水!"

黎表姊也快乐地说:

"种田的,挖菜的,踏水车的,……全是活动的,真好看!"

"你喜欢看鳌山么?"我偷偷地问蒂表妹。

她摇一下头,又撇一下嘴;便也低声地问我:"你呢?"

"我也不。"

不久,我们都到大天井里,吃水果,月饼,喝葡萄酒,并赏月去了。

母亲伴着我们这一群小孩子玩着,猜谜的猜谜,唱歌的唱歌;其中只有蓉弟最贪吃，而且喝了三四杯酒，脸儿通红了，眼睛呆呆地看人，一忽儿他便醉了，哭着。

"醉得好！"我和蒂表妹同样的快乐着。

这样的到露水很浓重的时候，母亲才打发我们睡去。因为，我的身体虚弱，虽是年纪已到十岁了，却还常常尿床，所以我的乳妈（其实早就没有吃她的乳了）固执的不要我和蒂表妹在客厅里睡，把我拖到她的房子里去了。

"老狗子！"我恨恨地骂我的乳妈。

"好好地睡吧。不久天就会亮了，再玩去。"

"可恶的老狗子！"我想着，便朦胧了。

第二天我醒来后，跑至客厅里一看，蒂表妹和其他的表姊妹表兄弟通通回家去了。……

真的，自那一年到现在，转瞬般已是十年的时间了，我从没有再过个象那样的中秋节，并且最近这三个中秋节还是在我不知月日的生活里悄悄地渡过去。表兄弟们呢，早就为了人类间的壁垒，隔绝着；表姊中有的已做过母亲了，但表妹们总该有女孩子的吧。惟愿她们不象我这样的已走到秋天的路上！至于那个塔，是否还安放在楼上的木箱里，每年在八月初旬由小弟妹们拿出排在大堂上最高的层级上，也不可知了。送这个塔给我们的外祖母还康健着么？故乡的一切却真是值得眷念的事！

1926 年 11 月于北京

北风里

纸窗上沙沙沙沙的响,照经验,这是又刮风了。

这风是从昨天夜里刮起的,我仿佛知道。刮起风来,天气又变了。我刚刚露出头去,就觉得有一种冰凉的东西,湿湿的贴到脸上来;棉被里面是暖和得多了。

"这样的天气,怕要冻死人呢!"我想,便缩下头去。

在平日,我有一种习惯,是醒来就穿衣,就下床,然后看报的。这时却异样了,拢紧一下周身的棉被,让整个身体在小小区域的温暖中,多挨一会儿;而这挨,在这样天气奇冷的北风哮叫时候,可算是一种幸福罢。

因为挂念着自己的文章被登载了没有,想看一看《太阳报》的副刊,便又露出头来,喊伙计……可是赶紧的就把这声音拉住了,这是忽然想到,欠了送报的两个月报费,前天的报就给停送了。

没有报看,眼睛便往别处去溜,却发现那墙上的一个小窟窿,圆圆的,忽露出一个尖形的小小的嘴,那嘴上,又闪出两小点黑色的光。

"哈哈,这原来就是它们的窠!"我想到无论在白天或灯光底下,无意中常常见到的那些黑毛柔软的小动物,胆怯地四顾,悄悄地走,张着弱小却伶俐的眼，游行在我的书架和桌上，就是躲藏在这个小窟窿里的。

于是又照样，一个两个，连续地出来了，最后的那个是更小而更机灵的；它们是彼此观顾，把翘起的长须去表示本能的作用，大家贼似的，慢慢地走，成为一个极安静的又滑稽又可怜爱的小小的行列。

发现着这些耗子，这独寝的客舍，便显得更寂寞。

"该剩一个馒头来⋯⋯"我想，然而因怕冷，我的头又缩到被里去了。

那一小群的耗子也许还在觅食而游行，而终于感到失望吧，但我不去想这事了。我这时填满在心头的，依旧又是那天气的冷。

天气冷，冷极了，可以生起大的火炉来，凭那火，熊熊的，把房子里面变成了春末天气，人只要穿夹衣，——这样的过着冬，冬天似乎也并不可怕了。我想。

然而我忽然觉，从上海晨曦书店寄来的稿费，用到昨天，所剩在衣袋里的只是两张（或三张）二十枚的铜子票，和几个铜子了，火炉虽然可由公寓里按月租价一元的代安下来，但是煤，这煤的来处却难了。煤，至少要买二十五斤吧，倘若一百斤是九毛，也得两毛又十枚，而这数目我就无法凑足了，而且——生火还得要劈柴呢。

常常被两三毛钱所困住，这真可恼。但这穷，虽说可恼，却因是常事，随着也就爽然了。且觉得在这个时代里，炮火是人心追逐或欣慕的宝贝，一个著作者被人漠视，正是应该的。其实，即有了那么太平的时候，在一切都比别个民族沉寂和冷淡的国度里，著作者能得到什么人都应得的两种生活的享受，也不见得。

"那末，你改途好了！"我又向自己嘲笑。

改途，这或者能攫得较好的生活，并且要远离艰苦，似乎也只有这改途的一端了。但是我，虽说曾常常对于著作者生涯的惨淡而生过强烈的反抗，而转到悲观去，却究竟是生平的嗜好，无法革掉了。由是，那所遭遇的穷况，不正是分所应得的吗？

然而事实到底是事实，每因穷，把一切的愤怒都归到稿纸上去，而且扯碎了，团掉，丢到烂纸篓里，是常事。

可是，要生活，终须靠住那稿纸填上蓝色或黑色的字去换钱的；因而在许多时候，稿纸变成生命似的顶可爱的东西，而且对于那些扯碎的又生起很歉疚的惭愧了。

"如果命运有分做幸与不幸，那末，象这样生活的著作者，便是属于那不幸的！"我常常想。

今天因为没有钱买煤，我所想的又是这些事。

开始想这些事的时候，是苦恼，而且带点愤愤的，到最后，这恶劣的情绪却安静了，于是我又平心的向事实去着想：

躺在被窝里，温暖固然是温暖了，而想就这样的尽挨下去，不吃饭，不看书，也不写文章，这究竟不是很妥当的事，因为天气既然骤冷起来，说不定是延长的更冷下去了。那末，火是必须生，煤也就应当买，是无疑的。

"那只有这办法！……"我想，决定了，便露出头来，并且把整个的身体离开那小小的温暖的世界，下床去了。

风还在窗外乱叫，可怜爱的小动物的行列却不见了，但在房子里，是依样充满着冷气和寂寞。

我从床下拖出一只旧的黑色的木箱来，轻飘飘的，而这感触，猛然就使我惘然了。我知道，在这箱里面，所余剩的，只是一件烂了袖口和脱了钮子的竹布长衫，和两三条旧的或破裆的短褂裤，以及几双通底的麻纱袜子，还有的，那就是空气了。

我无力的把箱盖盖下来，眼光从这满了灰尘的木箱上面迟缓地望到墙上去：那里是一张放大的雪莱的像，在下面，偏左些便是那个颇深的圆圆的鼠穴。

"这洞，这样圆，和洋钱差不多……"

眼光从这窟窿上转移到别处去，全是黯淡的纸糊的壁。

我踌躇了。对于这唯一的计划的失败，是出乎意外的；但这时，既下了床，又不愿再滚进被窝去。那自然要想出一个法子。

在这种情形底下，最方便的，自然是抽出屉子来，或伸手到衣袋里，忽然发现在什么时候忘却的一张钞票或一块洋钱，——然而这无望。其次呢，就是向附近的朋友处去拿，而这，又艰难，因为较阔的象官僚气派的朋友是从来没有，就少爷模样的朋友也难得，而光棍的朋友其情形当不会两样，或许是更窘了。又其次，是想来一个恩人似的不速之客，这却是，类乎很滑稽的可笑的梦了，更难实现的。

各种从模糊思想中出来的希望全无用，这使我更费踌躇了。

眼睛又不自主的向四处去溜，慢慢地就光顾到单薄的那两条棉被和一只丁玲君送给我的鸭绒枕头。

"那只有这办法……"我又想。

这枕头买来是花八元钱，要是当，两元至少一元总可以吧，可是当铺的先生们不要这东西；棉被在冬天里放到当铺的柜台上，这差不多是奇货,是很可以抬价的,但一想,这样的冷天,到深夜时,一个不是粗壮的身体只盖着一床棉被,而且是又旧又仄又单薄的,倘因此受了凉,病了,不是更坏的事吗?

在眼睛里是绝望的光,却转动了,于是又看见那清秀的诗人雪莱的像,以及那个象洋钱形状的鼠穴。

这时有一种稀罕的感觉通过我的脑,我心想,却笑起来,但接着就黯然了,——是想把这诗人的遗象去解决我的难题!

诗人的象在放大时是花了四元,镶在一个价值二元的一只木框上,从数目算来,共是六元钱,那末,变卖了,至少总可以得一半的价,是三元。我想。

然而我的心,立刻就浮上罪恶似的,非常的惭愧了。但在我的眼睛里,年轻的诗人,依样是英俊的,且带着女性的美,静默着。

一阵更大的风把纸窗打得急促的响,我便抖了一下。

"真无法……"

于是我跳上桌子,从墙上,拔出一寸多长的铁钉,连着很长的白色棉纱绳,把雪莱的像拿下来了;在手上,木框是冰块一般的冷。

抹去了玻璃上的灰尘,很歉疚的挟着诗人的像,出去了。

北河沿的浅水已冻成坚实的冰。柳树脱去了余留的残叶,剩着赤裸的灰色的枝,象无数鞭条,受风的指挥向空中乱打。很远处都不见一只鸟儿。浑浊的土灰从地上结群地飞起,杂着许多烂纸碎片,在人家的门前和屋上盘旋。行人都低着头,翘着屁股,弯着腰,掩着脸,在挣扎模样的困难的迈步。洋车夫抖抖地扶着车把,现出忧郁和彷徨的神色。发威一般,响在四周的,是北风的哮叫,却反把这平常颇热闹的街道，显得更萧条冷落了。

包围在弥漫的灰尘之中，是不可开口，一开口，准灌满灰尘的，于是洋车也不敢叫，只是顺着河沿，前进似退的努力的走。

这样盲目的走路，我非常担心，说不定绊上了石头，砖块或树根，跌倒了，破坏了玻璃和木框，那我的希望就破灭了。

幸而好，很平安的走到了东安门，转向西，便到了一家收买旧家伙的杂货店。这店里的东西确是杂极了，自红木的桌椅至于缺口破痕的盘碗，又有颇旧的清朝三品官所代表的珊瑚顶和红缨，以及最新式的开花炮的弹壳，……满屋杂乱无章的，看着，会使人的意识变成散漫了。

但是我只注意着有没有类乎挟在我臂下的这东西。

在两枝鹿角交叉的放着，和一只蓝花碎磁的花瓶底下，我瞧见了，一个木框，里面镶着一张油印的外国风景画，使我就欢喜起来，因为在路上，我是非常担忧人家不要这类东西的。

从那很厚的蓝大布棉门帘旁边，挤出一个人来，是粗壮，奸滑，一脸麻子，只瞧这模样，确凿的，便认出是这店的掌柜了。

他用淡淡的眼光看我。

我想向他说明我们的买卖，但是想，而眼睛又做出象剔选什么旧货一般，笨拙的，向杂乱的货物不住的巡视。我不禁就犹豫起来，心慢慢地起了波动了，不敢把脸转过去，好象在我背后的是一个魔，我觉得对着这些不类的东西，我也成为其中的一件货物了。

我非常纳闷，一个人和当铺成了相熟，已很久了，常常是爽然的把包袱向柜台上一推，坦然的说：

"要三块！"或是"你瞧得了。"

倘若那当铺的先生无所用意的来打招呼，说，"你来呀……"我也会很自然的点一下头。并且，因此，我曾想，只要把进当铺去的这副厚脸皮，拿去和社会上一切人交际，必定是非常老练，而这样，踏进官场和窑子中去，是容易而且不会受窘受苦的。

为什么一到了这杂货店，脸皮又嫩了，惶惶若有所失，竟不敢干干脆脆的把像框从臂下拿出来呢？这奇怪。

"你要什么？"突然这声音在我的脑后响了。

这问话真给我更大的束拘！我全然苦闷了。我想说出一句答话，但这话又被许多莫明的力量牵制着，只在我的喉咙里旋转。

"看看。"这声音响出来，虽说是很勉强，很涩瑟的，我心上却仿佛减去了什么，轻松好多了。

在我的脑里便冲突着两种思想：回去呢，还是卖？

"要什么？"那掌柜又问。

我的心便颤颤地跳着，沉重的转过身，想做出老成样子，却觉得一团火气已滚到脸上了。

"这，"我从臂下拿出那像框，用力的说，而声音，反变成喑哑了，"这卖——卖给你。"但这样，我已经得到说不出的无限大的轻松。

那淡淡的眼光射过来，我觉得脸上是泼了一盆冷水。

像框在粗黑的手上，翻转了一下。

他又看我一眼，便带点鄙薄的笑意说：

"要卖多少钱？这像片是外国的窑子吗？"

"不是！"我摆一下头，简捷的回答，同时觉得这窑子两个字，是一条皮鞭，我的心就印上这皮鞭的伤痕了。

"是戏子么？"

"不是！"

"那末，是什么人的太太吧，是总统的太太么？"

"不——这是一个诗人。"

"一个诗人？"他惊诧了，又现出鄙薄的笑意，把像框翻看了一下。

"要卖多少钱？"

"三块。"说出这话来，我仿佛是在当铺里了，胆子便无端的大了起来。

"什么，"那掌柜又惊诧的说，"要三块？这差远了。"便冷冷的把像框递过来。

接过这像框，对于诗人的抱歉的心情似乎轻减了一些，但忽然又感到空虚了，好象一个人走出这杂货店，就无着落似的。

我终于忍耐的问他：

"你说，到底给多少钱？"

"差太远了，三块！"

"你说一个价好了。"

"差太远。"

"你知道，光是这木框，也得两块钱。"

"那不能这样说。买来自然是贵的，卖出就不值价了，普通是这样的。假使那像片是个窑子，那还可以多卖些。"

听到又说"窑子"，我愤然。无端的把羞辱加到已死的诗人上面，这未免太歉疚，而且是太可伤心的事了。本来在市侩面前，说出诗人

171

这名称来，已是自取其辱了，何况还当这被视为小偷之类的时候，然而我还得忍耐，我不能就这样气愤而走开，因为别处有无收买旧家伙的杂货店，是很难说；纵是有，我也不知道。于是我又开口了，却是说：

"这像片不卖，只卖像框，你说给多少钱？"

"那咱们不要。"他懒懒地说。

"真可恶！"我想，"这种东西会如此倨傲，简直是梦想不到的。"便挟上了像框，走出这杂货店。

刚走出店门口，迎面就飞来狂风，混混沌沌的浑浊的灰尘，象猛兽想吃人一般，扑过来，我的头便赶紧的低下了。在风中走着，我的心是堆着比风还凶的纷乱的情绪。

心想：倘若我有权力，凭我这时的心境，我是很可以杀死许多人的。

自己以为可靠的买卖竟然弄僵，而且反招了气愤，另一面对这诗人的像又觉得很抱歉，我就完全沉默到苦恼中去了。

我忽然想起俄国现代的一个作家了，他在著作方面虽享了颇大的名，却是冻饿死的，因了这，我以前常对自己的嘲笑，就又来了，说："那末，你改途好了！"然而这却是——嘲笑而已。

现实的生活是象一面镜子，十分光明十分亲切的照在心上，使我又想到，到了独寝的客舍，又得孤另另的躲到被窝里去；至于煤，纵是只要二十五斤，那也只能在希望中算是满足了。

跟跟跄跄地低头走去，仿佛是到了桥边，风力更大了，这因为我向北转，风就是从北面吹来的。我的衣袖差不多是整个的遮掩在脸上，但走了两三步，又得停住，勉强的张开眼来，看一看前面的路。

几乎是两种力相击的形势，我和风，不断的抵抗着，奋勇而终于艰难的迈步；横在我胸前的，不像风，却像是有力的冰凉的水。在我衣袖掩不及的地方——额上，腮边，和耳朵，便时时被许多细小的沙粒或砖瓦的微末，打击着，发出烧热的，带点痒意的痛楚。牙缝间也满咬得响的沙之类。

在路上可怜我自己铅一般的灰色的黯淡生活，和厌恶这北风的扬威，和那掌柜的倨傲，是具有平均的力。

到了寓所，并不发气，却也用力的推开房门。那黑毛光滑而柔软的一群小动物就受了这震动，彷徨地，逃命到墙上的那个小窟窿去。

把雪莱的像放到桌上时，蓦然见到那蛋形的镜子里面，是现着一个年青的，但是忧郁，满着灰尘，象煤铺伙计的污浊的脸。

我毫无意识的把眼睛看到周围，除了那小小的鼠穴，到处是幽黯的纸糊的壁。

纸窗上虽是不断的沙沙沙沙的响，但是房子里，依样是荒野一般的寒冷的寂寞。

不能忘的影

　　感着失恋的悲哀，在铺着晨露的野草之气里，林子平迷惘地走下石阶，仿佛这一层层往下趋的阶级，有意地象做他幸福的低落地。在两星期以前，还是很欢乐地站在恋爱生活之顶上的，而现在，陡的一跌，便到了无可再升的平地，这就是他今天不得不走下这些石阶，和这个山坡分别的缘故。

　　他的脚步是无力的，滞重的，一面下着石阶一面想：

　　"恋爱么，是的，人生最好不要恋爱……"

　　他是下了决心了。

　　但是坚决地一步步走到石阶的中段，他的只愿望得到轻松和平静的那心境，却变得越加沉重，炎炽，好像一块烧红的铁压在心尖上，使他带着不少的波动的情感，本能地，回头望着山坡上，望着那一间小小的洋房子。

　　三春的早上的阳光，迷醉地罩住浅色的树叶，从阴影中透出许多美丽的闪烁，射在那粉刷着蓝色的走廊上。在那里，显然，一个柔软的，被绸衣裹着的身体，浮着美的姿态地靠在一张藤椅上，一条男人的手臂绕着她的肩膀……不消说，她的身旁是坐着那个男人，那个把他的幸福破坏了的。

这情景，便深深地刺了他一下，如同火辣辣的枪弹通了他的心，把心分裂成细末。一阵辛酸的情感波动了，眼泪汹涌着。雾似的蒙住眼睛的视线。

他的嫉妒的火又燃烧起来；他又制住了。他消沉地叹了一口气，并且懊悔他自己不应该如此不能忘情的多余的一望，便动步又走下石阶去。

在心里，他只想一切都忘记了吧。

然而那丰润的肩膀，那围绕在这肩膀上的手臂，却又蝴蝶的翅膀似的，在他不平静的脑子里蹁跹……这最末的一个刺激，使他很苦恼和伤心，至于使他想起昨夜里的那一场悲痛的人生的剧。那时候，他自己所扮演的是一个多么可怜的角色呵！他是抱着颤栗的心情走向他所爱的人儿的面前的。他的声音几乎变嘶了，每一个音波都代表他心灵上的苦痛的符号，他抓着她的手说：

"告诉我，那一切都不是事实，都是幻觉，你这样的告诉我吧，梅！"

他所爱的人儿却摇着头。

"是真的么？"他将要发疯的带着哭声说："是真的么，你一定这样表示是真的么？"

"我不能再骗你，"她慢慢的回答，"假使再——不，事情总得有个结局。"

他痴痴地听着，听到最后的一句，忽然激动起来，眼泪簌簌的落下了。却把她的手抓得更紧的说：

"但是，"声音很颤抖的。"我还爱着你呵！"

"我知道。"她平静的回答，"但是我能够怎样呢？人的历史是天天不同的。人类的事情是变幻不测的。爱情也——"

他很伤心的打断她的话：

"不要这样说！不要这样说！"接着便自语似的叹了气，"唉，为什么我也变成不幸了呢？"

他的叹气引动了她的同情，把另一只手放在他的肩膀上说：

"不可以成一个好朋友么？"

"不。我不要好朋友！那于我没有用。我现在需要的只是爱情。只是我们共同的理想。只是我们的恋爱的生活。唉，未必我们就这样的结局了么？"他越说越被纷乱的情绪束缚着。显得可怜而且激动。

她只用平淡的声音说：

"自然，这于你是很难堪很苦痛的，但这有什么法子呢？比喻说：从前我爱你，也不是由于我自己——"

他把她的这一句话听错了，便立刻惊诧地仰着脸看她，说：

"怎么，你把从前的都否认了么？"

"不，不是这个意思。"她赶忙地解释说："我不会否认从前的。我只是比喻我现在爱他，仿佛不是我的意志，如同从前我爱你，其中也有一种东西在捉弄着。"

他低下头了，却呜咽似的响起哭声来，停了半晌又叹息的自语说：

"唉，我真不幸呵！"

"不幸太伤心吧！"几乎一声声的说，"我们过去的生活都是很欢乐的。"

"不过现在是太不幸了！"他截然说。

"是的，"她回答说："你现在是伤心极了。不过这世界上还有着无数的人连一点欢乐的生活都没有享受过的……"

"因此我就应该不幸么？"他愤然问。

她觉得他的神经有点错乱了，便温和的向他说：

"相信我，我是只想你快活的。虽然我们现在分离了，但是我们的过去曾留着不少幸福的影子，我们都把那些美的印象保留着吧。人生的意义就是这一点点！至于我现在为什么要和你分离，我想，这是无须乎解释的，正像我和你同居也没有什么理由一样。并且也说不定你就会遇上很爱你的女人……"

"不，我不想恋爱了。"他觉得他的心是非常之伤。

可是她却说：

"不要这样想。其实，你自己也知道，有一个女人爱上你，不是完全不可能的事。"

"你以为我又会和谁恋爱么？"他反驳的，又带着悲痛的声音说："你以为我还会受第二次的刑罚？不会的！你已经把我的梦想打破了，我从此恨死恋爱……"

"好，"她顺着他的意思着："这样顶好。本来恋爱也是使人痛苦的东西。可以说，世界上没有完全幸福的人……"

"但是我们从前的生活是完全幸福的。"他忽然恋念于过去的说。

"这就难得。"她差不多望他微笑了。

"那末你为什么又把这幸福毁坏了呢？"

她望他怔了一下，觉得悲痛的情绪把他弄糊涂了。她只说：

"我们不说这些吧，那是没有用的。我们做一个好朋友吧！将来我们还可以常常见面。"

他突的又要发疯似的激动了,并且怀着许多愤恨的意思向她怒视着,把她放在他肩上的手很用力的丢下去。接着他自己便低着脸,苦痛地抓着头发,大声地呜咽起来。

他常常从他的最伤心的呜咽中吐出音波来,叫着:

"不幸呵!唉,我一个人的不幸呵!"

他并且拒绝她的完全用友谊的安慰。

末了,他猛然跳起来,一下抱着她,可怜地恳求说:

"梅,我要你爱我,有你我才能够生活……唉,我不能让你离开我!我是这样弱呵……"

但是她只让他抱,不作声。

他继续的一声声说:"梅,你说,你爱我!"他的眼睛直瞧着她的脸,他的心紧张着,好像他所等待的是一个临死的犯人等待着赦免的命令,他显得十分昏乱可怜的样子,许多眼泪都聚在眼睛上,发着湿的盈盈的光。

随后他落着一颗颗的泪,一连追问着她。

她只说:"安静一点,子平,你太兴奋了。"

"你说,"最后他非常严重的望着她,战栗着声音说:"你爱我,最后的一句,说吧!"

她摇了一下头。

他发疯问:"真的?"

她不说话。

他的手便软软地从她的腰间上垂下了,如同被枪弹打中要害的人,突的叫了一声,倒下去,便一点声息也没有,过了十五分钟之后,他才变成疯人似的狂乱了，凶暴地跳起来，但是他没有看见到她，只看见他的四周是笼罩着一重重可怕的黑暗，和黑暗中一个极可怜极憔悴的他自己的影子。他无力的又倒了下去，一种强烈的悲痛使他又流着眼泪，使他觉得一个美丽的灵魂从这哭泣中慢慢的消沉去，而且像整个的地球似的在他的眼前分裂了。

到了他明白他所处的境地是应该他自己来同情的时候，他觉得那过去的一切已经完了，他没有再住在这山坡上的需要了，他便立意使他自己离开。

这时他孤独地走下这昔日曾映着双影的石阶，从不可挽回的一望之中，竟使他想起可怕的那令人战栗的人生的一幕。

他想了之后又深的懊悔了；本来，他只顾望所有的幸福和不幸都一齐忘掉的。

"既然——"所以他又很可怜地自勉的想："我也应该的好好的生活呀……是的，到上海去好好的生活去吧！"想着便不自觉的已走到石阶最末的一级。

接着他便说：

"人生是一个完全的病者呵，它终只喝着人间的苦味的药，恋爱就是使他吃药的微菌！好，我现在把恋爱埋葬了吧！"

然而当他开了大门的铁门，跨出门槛之时，那许许多多的欢乐和悲痛的意识，又好像触了电流似的暴动起来。他又觉得，从此，他和这个山坡永别了。

于是在他的脑里，在他的心上，又像鸽子似的翼似的，飞到那个肩膀，那条手臂。

珍珠耳坠子

一天下午,在富绅王品斋家里忽然发生了一件事情。

这事情发生的原因是:

当这个富绅用快活的眼睛看他所心爱的第三姨太太时候,无意中却发现在那娇小的脸旁边,在那新月形的耳朵底下,不见了一只珍珠耳坠子。

他开始问:

"看你,还有一只耳坠子呢?"

姨太太正在低着头,用小小的洋剪子剪她小小的指甲,她好象还在思想着什么。

"看你,"他又问;"还有一只耳坠子呢?"

她斜斜地仰起头,看他,一面举起手儿去摸耳朵。

"在那边?"她含笑地问他。

"左边。"

证明了,她的脸色就现出寻思和踌躇起来。

"怎么……"她低声地自语。

他用一种等待回答的眼光看她。

她开始向化装台上，衣柜上，茶几上，……这间房子里面的东西全溜望过了，然而都不见，并且她用力去思索也没有影响，她是完全不知究竟这耳坠子是失落在何处。于是，一种恐惧的观念就产生了，她的心头怯怯地担负着很重的忧虑。因为，象这一对珍珠耳坠子，纵不说价值多少，单凭那来源和赠与，就够她很多的不安了。她知道，倘若这耳坠子真个不见了一只，为了金钱和好意两方面，她的这位重视物质的老爷，纵喜欢她，也一定要发气了，这场气又得亏她好久的谄媚，撒娇，装气以及设想另一种新鲜样儿去服侍，去满足他的快乐。这是怎样为难的苦事！其次，为了这对耳坠子，在两个星期前，她还和正太太和二姨太生了争执，费了很大的力气才得到胜利，可是现在把它丢了，这不消说，是使她们嘲弄和讥笑的。还有在她自己爱俏的心理上面，忽然损失了一件心爱的装饰品，也是很惆怅，郁郁的，很不快乐。因为以上的种种缘故，她的心里又忧又苦恼又焦灼，脸色就变了样儿。

她许久在踌躇着。

她的老爷却又追问她：

"怎么，真的不见了么！"这声音，显然是有点气样了。

"是的！"她想回答，可是她不敢，未来的一种难堪的情景展布在她眼前，使她害怕了。

她想，假使说是无缘无故的丢了，这是不行的，因为这一来，那各种的苛责和讥笑是怎样忍受呢？

"那么，"她悄悄地计划道，"我不能忍受那样的苛责和讥笑，我应该撒一谎……"于是她端正一下脸儿，作了一种记忆的样式，把眼光凝望到脸盆架上。

"怎么，真个丢了么？"

关于这声音，这一次，她已经不象先前那样局促；她是有了把握了，爽利的回答：

"丢了，"她说，"不会吧，我刚才洗脸的时候，放在这上面……"手指着脸盆架上的胰子盒旁边。

"那，那不会丢。"她的老爷有点喜色了；接上说，"找一找看……"

她就站起来，走过去，装做十分用心的寻觅了一会儿，就诧异的，疑惑的自语说：

"不见了……奇怪！"

"怎么就会不见呢，放在这儿？"她接着说。其实在她心里，却觉得有一种自欺自骗的可笑意思。

她的老爷刚刚现出的喜色又变样了，近乎怒，声音急促的问：

"真丢了？放在这儿么？岂有此理！"

"记得清清白白的……"

"有人来过么？"

这句话，忽提醒了她，于是一种卸责的方法她就想到了，她故意低下脸儿，作寻思模样。

过了一会儿，她说：

"除了小唐，没有别人来；陈妈吴妈她们都在外面……"她觉得老妈子们都年纪大，怕会争辩，而小唐却是哑巴嘴，易于诬赖的。

所谓小唐，那是一个小孩子，十六岁了，他的矮小却只能使人相信是十二岁，他是王老爷的乳妈的孙儿。这个老妇人在三年前的一天死了。当她还有感觉的时候，她凭了自己在中年时所牺牲的乳浆和劳苦，她带点眼泪的把小唐送到王家来，作点轻便的差事，算是小厮吧。因为她的儿子当兵去，一离家就没有消息；媳妇呢，是渐渐地不能安居，到外面去和男人勾搭，终于不明言的坦然结伴去了……这小唐，在他祖母死前半年的那天，也象一匹羊，就送到王家来了。虽说他是来当小厮，但无事可做，却成了同事们的一件极妙的开心物件，因为关于他母亲的故事便是最好给人家取笑的资料；可是因他的模样小，又老实，王老爷就常常叫来吹纸媒子，侍候水烟袋。……

只要王老爷在家里，他便常常进到内房来。

这时，为了珍珠耳坠子，这个姨太太却想到他。

然而王老爷却回答："小唐？不会吧，他很老实的！"

"那么，没有别的人进来，我的耳坠子怎么会不见呢？"

这自然是一个很充足的理由。王老爷不说话了，他开始呼唤用人们。

连续进来的，是三个老妈子。她们知道了这件事，为了地位和自私心，都极力的摆脱去自己，又殷殷勤勤地在房子里盲目的乱找，一面象叹息又象是诅咒般的低声小语。

"不用找了！"她说，"陈妈，你去叫小唐来，这自然是他——"脸上，显然是充满着怒气了。

不久，一个只象十二岁模样的小孩子默默地跟着陈妈走来，他似乎已知道了这不幸的消息，神色全变了，眼睛发呆，两只手不知着落的在腿边觳觫。他费了很大的力气才跨过门槛，进了房。

看情形，他害怕了，怯怯地紧站在门后边。

"小唐，"王老爷对他说，"你刚才在这儿，你看见那脸盆架上，姨太的一只珍珠耳坠子了么？"声音虽然很平和，可是眼光却极其严厉。

他吓慌了，连连地摇起头。

"说出来，不要紧的！"姨太好象忘记了是诬赖，当真样说出类乎审判官的口吻了。

"对了！"王老爷同意她的话。"你拿出来，就算了，什么事也没有。"

"拿出来，不要紧的！"陈妈也插嘴。

"拿出来。不要紧的！"其余的人都附和。

然而小唐被这样严重的空气给压住了，他不但害怕，简直是想哭了。他不知道应该说出怎样的话。

"不说么？想赖，那是不行的，只有你一个人在这儿——自然是你！"

象这类考究的话，姨太太，王老爷，老妈子，他们把各种的恐吓，温和，严厉，以及诱惑，全说过了，可是小唐却始终紧紧地站在门后边，没有回答。因此，由贼人胆虚的原则，看小唐那样的恐慌，王老爷就把这罪犯确定了。他最后怒声的说：

"小唐，你再不说话，拿出来，我就叫人用皮鞭子抽你五十下了！"

"皮鞭子"！这三个字的声音真象一把铁锤，在小唐的心上痛击了。他不禁地战栗起来。因为，在平常，当年纪大力气大的同事们拿他作乐的时候，他们曾常常舞动这皮鞭子，有时故意的落到他身上，纵不曾用力，却也使他经过了两三夜，还觉得痛。现在，忽然听见主人家要抽他五十下这皮鞭子，想起那样痛，他的全身的骨格都几乎发了松，他哭了，眼泪象大颗的汗珠般连着滚下。

因了哭，王老爷更发怒了，暴躁得象得了狂病。

"滚去！"他粗声喝道："滚去……这不成器东西。"同时，他又转脸向吴妈说，"把这坏东西带去，叫刘三抽他五十下皮鞭！哼……"

小唐想争辩，但又害怕，他知道这件事是冤枉，是一种诬害，然而怎样说呢？他战栗着！

"不是我……"他全身的力量都放在这上面了。

然而没有一个人理会他，吴妈并且走近来，拉他走；可是他站着，怯怯的，却又象钉在门上似的紧挨着。

"滚！快滚……"王老爷的怒气更盛。

小唐发怔了，他好象没有意志似的随着吴妈走出去，眼泪便不住的代表他的诉苦。

"真可气……"姨太太还唧哝着。

"都是你，"王老爷却埋怨，"要不放在那上面，怎么会丢呢？"

"这孩子近来学坏了，好象刘三他们说，他常常跑到小庆街，在江苏会馆门前赌摊了……"也不知是讨好，还是幸灾乐祸，但多半总是为夸自己吧，陈妈忽带点笑意的说。

"自然是他——"

"丢了看你怎么办？"

"你再买一对给我就是了。"

"再买？哪里有这许多钱！就是再买，横竖老大和老二她们，也是要说闲话的。"

"我不怕，让她们说去好了……"

在对话中，从外院，忽然传来了隐隐的哭声，这自然正是小唐挨着皮鞭子。

虽说房子里严重的空气稍变成温和，可是这一件的事情总未结束，大家都还各有所思。在王老爷的心中，他非常懊恼地想着耳坠子的价值是三百元。姨太太却挂念那正太太和二姨太的嘲弄和讥笑。老妈子们，那不消说，她们是悄悄地感到侥幸，以及设想更完全的方法，免掉这件事的干系。

在很久的时间中，这一家人几乎是这样的混过。

到夜里，在小唐被逐出大门外去睡觉的时候，姨太太照常样，服侍她的老爷到床上，老爷因体弱而先睡了。她忽然在枕头底下，发现了那只珍珠耳坠子。这时，她不禁暗暗地失笑，她想到这只小东西，一定是在昨夜的疯狂中，不知觉地丢下来的……

耳坠子得着了，这自然可免掉那嘲弄和讥笑，并且又有了一件心爱的装饰品，老爷也欢喜了。

想着，快乐着，但一种属于淫欲过度的疲倦，终把她引到睡梦去。

初恋的自白

下面所说的，是一个春青已经萎谢，而还是独身着的人的故事：

大约是十二岁，父亲就送我到相隔两千余里之远的外省去读书，离开家乡，不觉间已是足足的三年零四个月了。就在这一年的端午节后三日得了我母亲的信，她要我回家，于是我就非常不能耐的等着时光的过去，盼望暑假到来；并且又象得了属于苦工的赦免一般，考完试验；及到了讲演堂前面那赭色古旧的墙上，由一个正害着眼病的校役，斜斜地贴出那实授海军少将的校长的放学牌示之时，我全个的胸膛里都充满着欢喜了，差不多快乐得脸上不断地浮现着微笑。

从这个学校回到我的家，是经过两个大海，但是许多人都羡慕这一次的海上风光，却被我忽略去了，因为我正在热心的思想着家乡情景。

一切的事物在眷恋中，不必是美丽的，也都成为可爱了，——尤其是对于曾偷吃过我的珍珠鸟的那只黑猫，我也宽恕它既往的过失，而生起亲切的怀念。

到了家，虽说很多的事实和所想像的相差，但那欢喜却比意料的更大了。

母亲为庆贺这家庭中新的幸福，发出了许多请贴，预备三桌酒席说是替我接风。

第二天便来了大人和小孩的男男女女的客。

在这些相熟和只能仿佛地觉得还认识的客中，我特别注意到那几个年约十二三岁的女孩子。她们在我的眼中，虽说模样各异，却全是可爱，但是在这可爱中而觉得出众的美丽的——是我不知道叫她做什么名字的那个。

因为想起她是和我的表姨妈同来，两人相像，我就料定她也是我的表妹妹；她只有我的肩头高。

"表妹！"一直到傍晚时分，我才向她说，还时她正和一个高低相等的女孩子，躲在西边的厢房里面，折叠着纸塔玩。

听我在叫她，她侧过脸来，现出一点害羞，但随即在娇媚的脸儿上便浮起微笑。

"是不是叫你做表妹？"我顺手拿起另一张纸，也学她折叠纸塔。

她不语。

那个女孩子也不知怎的，悄悄地走开了，于是这个宽大的厢房里面只剩下两个人，我和她。

她很自然，依样低头的，用她那娇小的手指，继续着折叠那纸塔。我便跑开去，拿来我所心爱的英文练习本，把其中的漂亮的洋纸扯开，送给她，并且我自己还折了火轮船，屋子，虾蟆，和鸟儿之类的东西，也都送给她。她受了我的这些礼物，却不说出一句话来，只用她的眼光和微笑，向我致谢。

我忽然觉到，我的心原先是空的，这时才因她的眼光和微笑而充满了异样的喜悦。

她的塔折叠好了，约有一尺多高，就放在其余的纸物件中间，眼睛柔媚地斜着去看，这不禁使我小小的心儿跳动了。

"这好看，"我说，"把它送给我，行不行？"

她不说话，只用手把那个塔拿起来，放到我面前，又微笑，眼光充满着明媚。

我正想叫她一声"观音菩萨"，作为感谢，一个仆妇却跑来，并且慌慌张张的，把她拉走了，她来不及拿去我送给她的那些东西。看她临走时，很不愿意离开的回望我的眼波，我惘然了，若有所失的对那些纸物件痴望。

因久等仍不见她来，我很心焦的跑到外面去找，但是在全屋子里面，差不多每一个空隙都瞧过了，终不见她的半点影子。于是，在我的母亲和女客们的谈话中间，关于她，我听到不幸的消息，那是她的父亲病在海外，家里突接到这样的信，她和她的母亲全回家去了。我心想，她今夜无论如何，是不会再到这里来上酒席了。我就懊悔到尽痴望纸塔，而不曾随她出去，在她身边，和她说我心里的话，要她莫忘记我；并且，那些纸折的东西也是应该给她的。我觉得我全然做错了。

我一个人闷闷的，又来到西厢房，看见那些小玩艺儿，心更惘然了；我把它们收起来，尤其是那个塔，珍重地放到小小的皮箱里去。

这一夜为我而设的酒席上面，因想念她，纵有许多男男女女的客都向我说笑，我也始终没有感到欢乐，只觉得很无聊似的；我的心情是完全被怅惘所包围着。

由是，一天天的，我只希望她能够再来，看一次她的影子也好；但是这希望，无论我是如何的诚恳，如何的急切，全等于梦，渺茫且不可摸捉，使得我仿佛曾受了什么很大的损失。我每日怅怅的，母亲以为我有了不适，然而我能够向她说出些什么话呢？我年纪还小，旧礼教的权威又压迫着我的心灵，我终于撒谎了，说是因为我的肚子受了寒气。

我不能对于那失望，用一种明瞭的解释。我只模模糊糊地觉得，没有看见她，我是很苦恼的。

大约是第四天，或是第五天吧，那个仆妇单独地来到，说是老爷的病症更加重，太太和小姐都坐海船走了。——呵！这些话在我的耳里便变成了巨雷！我知道，我想再见到她，是不可能的事了。我永远记着这个该诅咒的日子。

始终没有和她作第二次的见面，那学校的开学日期却近了，于是我又离开家；这一次离家依样带着留恋，但在我大部分的心中，是充满着恼恨。

在校中，每次写信给双亲的时候，我曾想——其实是因想到她，才想起给家里写信，但结果都被胆怯所制，不敢探问到她，即便有时已写就了几句，也终于涂抹了，或者又连信扯碎。

第二年的夏天，我毕业了，本想借这机会回家去，好生的看望她，向她说出我许久想念她的心事；但当时却突然由校长的命令（为的我是高才生），不容人拒绝和婉却的，把我送到战舰上去实事练习了。于是，另一种新的生活，我就开始了，并且脚踪更无定，差不多整年的浮在海面，飘泊去，又飘泊来，离家也就更远了。因此，我也就更深的想念着她。

　　时光——这东西像无稽的梦幻，模糊的，在人的不知觉间，消去了，我就这样忽忽的，并且没有间断地在狂涛怒浪之中，足足的度过六年，我以为也像是一个星期似的。

　　其实，这六年，想起来是何等可怕的长久呵。在其间，尤其是在最后的那两年，因了我年纪的增长，我已明瞭所谓男女之间的关系了，但因这，对于我从幼小时所深印的她的影子，也随着更活泼，更鲜明，并且更觉得美丽和可爱了，我一想到她应该有所谓及笄年纪的时候，我的心就越跳跃，我愿向她这样说：我是死了，我的心烂了，我的一切都完了，我没有梦的背景和生活的希望了，倘若我不能得到你的爱！——并且我还要继续说——倘若你爱我，我的心将充满欢乐，我不死了，我富有一切，我有了美丽的梦和生活的意义，我将成为宇宙的幸福王子。……想着时，我便重新展览了用全力去珍重保存的那些纸折的物件，我简直要发狂了，我毫无顾忌地吻她的那个纸塔——我的心就重新挟击着两件东西：幸福和苦恼。

　　我应该补说一句：在这六年中，我的家境全变了，父亲死去，惟一的弟弟也病成瘫子，母亲因此哭瞎了眼睛，……那末，关于我所想念的她，我能用什么方法去知道呢？能在我瞎子的母亲面前，不说家境所遭遇的不幸，而恳恳的只关心我所爱恋的她么？我只能常常向无涯的天海，默祷神护佑，愿她平安，快乐和美丽……！

　　倘若我无因的想起她也许嫁人，在这时，我应该怎样说？我的神！我是一个壮者，我不畏狂涛，不畏飓风，然而我哭了，我仿佛就觉得死是美丽，惟有死才是我最适合的归宿，我是失去我的生活的一切能力了。

不过，想到她还是待人的处女的时候，我又恢复了所有生活的兴趣，我有驱逐一切魔幻的勇气，我是全然醒觉了，存在了。

总而言之，假使生命须一个主宰，那么她就是主宰我生命的神！

我的生活是建设在她上面。

然而，除了她的眼光和微笑，我能够多得一些什么？

这一直到六年之最末的那天，我离开那只战舰，回到家里的时候……

能够用什么话去形容我的心情？

我看见到她（这是在表姨妈家里），她是已出嫁两年了，拖着毛毧毧黄头发不满周岁的婴儿，还像当年模样，我惊诧了，我欲狂奔去，但是我突然被了一种感觉，我又安静着；呵，只有神知道，我的心是如何的受着无形的利刃的宰割！

为了不可攻的人类的虚伪，我忘却了自己，好象真的忘却了一般，我安静而且有礼的问她好，抚摩她的小孩，她也殷勤地关心我海上的生活情况并且叹息我家境的变迁，彼此都坦然的，孜孜的说着许许多多零碎的话，差不多所想到的事件都说出了。

真的，我们的话语是像江水一般不绝地流去，但是我始终没有向她说：

"表妹，你还记得么，七年前你折叠的那个纸塔，还在我箱子里呢！"

小小的旅途

从常德到汉口，这路上，是必须经过很多的小小仄仄的河。倘若在秋天，纵不说和冬季相联的秋末，水也浅了，仄小的河于是越显出仄小来，如汉寿一带的河道，就只能用木划子去通行了。要是入了冬，即所谓八百里的洞庭湖，有很多的地方，小火轮走着，也是担忧担忧的，把竹篙子去测量水度，生怕一不留神，船搁浅了，这是非常不快意的事。并且，在那个时候，所谓湖，其实已缩小到真像一个池子罢，两旁边——不，是四周围，使人望不尽的全是沙和混合的滩，软润和干涸的，给阳光照着，那上面便现出许多闪烁不定的小小金属之类的光。还有捕鱼为业的人，便盖了矮矮的茅屋在那滩上面。……

然而，这一次，从常德动身到汉口去，时正仲秋，因了六月间曾涨了一次大水，所以在仄小的河中，小火轮还可以来往。

我买的是房舱票。

在这个小火轮中，所谓房舱，是大异于普通的江船和海船的。当一个茶房作我的引导，推开那严闭着的房舱的大门（其实没有小门）时候，一股臭气，也像是久囚的野盗得到越狱的机会一般，就神速和有力的冲了出去，使我竟至于头脑昏乱了好久。

"这就是么？"我怀疑。

"就是的！"

丢下铺卷和箱子，茶房顾自走了。

"这怎么能够住……"我站在梯子边想。

"喂！"听到从黑魆魆中奔出这一声来，我这时才仿佛地看见这个房舱的积量：宽约八尺，长只有一丈二，高还不及七尺罢；但其中，却安置着床铺十二架，分作两层，已经住了许多客，也不知他们是在闲谈些什么，吱吱喳喳，如同深夜里竹篙子撑水的声响。

"喂……请关门！"这是躺在梯子边那床铺上面的一个胖子，偏过脸来，向我说。我不禁纳罕到他的鼻子长得非常可惊的大。

我看他，是因为这缘故罢，胖子却误会了，举起手儿指到最后面的下层床铺，在那里，暗暗的，只隐隐地可见到两个女人，以及说不定有多少个的小孩子，于是他继续说：

"他们……怕风。"

这一句话，在某种意义上，算是很充足的理由吧，所以不等我动手，这胖子就歪着身子，用力的把门关了；舱里面又恢复了黑暗。

在黑暗中，要找到空的铺位，是很难罢，除了借重到灯光，唯一的，那只能够权为瞎子，茫然的用手去摸索了。

"有人！"

我摸索去，客就喊。其实，因了这初得到的异样新颖的经验，只要刚刚碰到别人的腿，脚，腰……或者竟是觉得有生物的热气时，我的手早就神速而且怯怯的，收缩转来了。

"往外面，梯子边，靠左手，那上层，……"

也不知是那个客，出我意外的朗声指示，这确然是一种很可感的好意罢，但是我却愤怒了，觉得健健壮壮的一个人，成了傀儡，供这舱里的客捉弄，随便什么人在这时要我向左就向左，退后就退后，我是完全失了意志的自由和本能的功力了，也像是囚徒或奴隶一般的得受人支配……究竟我终须忍耐住这感想，照着客的指示做去，这才得到空的铺位子。在这铺位旁边，我忽然发现到有一个小小的窗子，便把窗板推开，那清爽的空气和可爱的光亮，透进了，真值得说是无可名状的愉快罢。然而，紧接的，因为这舱里其余的窗子全严闭着，那种不堪的臭气，就浩浩荡荡，无穷止地向这里奔来，终使我再不能缄默；我说：

"你们的窗子怎么不打开？"

"风大……"那胖子先回答。

"对了，风太大。"别的客人就连声附和。

看这情形，无疑的，就是更明显地关于常识的话说出来也要等于废物，于是我住口了，但是想：他们这一伙人，纵使在没有空气的地方，也会异于常人的依样好好地生存着吧……

那种臭气终是不可忍耐的；我被逼的跑到舱外去，站在船头，很久了，我恍惚觉得我是受了非常大的一种宽赦，有如自己就是一个什么罪犯。

船上的烟囱懒懒地吐出淡淡的煤烟……在船身的两旁，密密杂杂的围满着许多木划子，这都是做生意的，有卖面，卖汤丸，卖香烟饼子，以及凡是旅客们所临时需要的各种东西。这些小贩子，为了招徕主顾，便都是及笄的姑娘和半老的婆娘，他们操作着，叫喊着，慌忙着，但有时却也偷闲的向较阔的客人丢一下媚眼，和不在意的说出两三句通俗的俏皮话。间或遇到善于取笑的老油脸，他们纵不愿意，却因为营业关系，也只好勉强的去敷衍那些人含有痞意的勾搭；——然而到末了还是归结到自己的生意方面，就问，"客人，要啵？吃一碗汤丸啵？……"不过凡是老油脸多半是吝啬的，不然就是穷，究竟取笑之后依样是不肯花三个铜壳子，买一碗汤丸吃，他们是宁肯挨着饿到船后吃船上公有的饭，至于零碎……如油炸粑粑，焦盐伞子等等，那更不必说了，也许那些人在许多年前就和这些东西绝缘了。在这些做生意的木划子上面，倘若有男人，那也只能悄悄躲在篾篷里，把舵，摇桨，和劈柴烧火这之类的工作，因为在这时假使他们出现了，那生意马上就萧条，坏事是毫无疑义的：他们全知道这缘故。

于是，卖和买，浅薄的口头肉感的满足和轻微货物的盈利，女贩子和男客人，像这两种相反而同时又是相合的彼此扯乱，叫嚷着，嘻笑着，纷扰着，把这个又仄又小的小火轮越显得没有空处了。看着这种情景，真是的，要使人不困难的联想到中国式厕所里面的粪蛆，那样的骚动，蜷伏，盘来旋去……我又觉得头昏了！

"转到舱里去罢。"我想。然而在那个舱里面正在黑暗中闲谈和静躺着的那些怕风者，不就是和粪蛆同样讨厌的一堆生物么？我不得不踌躇，而其实是苦恼了。

幸而这个船，当我正想着上岸去的时候，许多水手便忙着，铁链子沙沙锵锵的响，呀呀呵呵地哼着在起锚，就要开驶了。然而在船身摇动的这一瞬间，那些女贩子，就完全莫明其妙地，抖起嗓子了，分不清的大声地乱哼乱叫。其中，有卖面和卖汤丸子的，就为了他们的筷子，碗，铜壳子还不曾收到，急慌了，哭丧一般的，带咒带骂的呼喊着，并且凡是"落水死！烂肚皮！"等等恶意的咒语，连贯的一句句极清朗地响亮在空间，远听去，也像是一个年轻的姑娘在高唱着山歌似的。

汽笛叫过了，船转了头，就慢慢地往前开驶。那些密密杂杂围满在船身两旁的木划子，这时已浮鸥一般的，落在后面了。

唱山歌似的那咒骂声音，虽然还在远处流荡，但没有人去注意，因为这些客安定了，爬上铺去，彼此又闲谈到别种的事。

不久，天夜了，并且还吹来风，很冷的，于是我只得离开船头，又归到那舱中去受臭气的室塞。

"像这种臭气，倘若给从前暴虐的帝王知道，要采取去做一种绝妙的极酷刻的苦刑罢。"

我想。在这时，一个茶房提着煤油灯走进舱来，用两只碗相碰着，并且打他的长沙腔大声嚷着：

"客人！开饭哩……"

接着便有许多客，赶忙的爬起来，当做床铺的木板子便发出札札的响。

这个茶房又用力的把两只碗碰响了一下，大声叫，"说话，你是几个？"他向着那胖子。

胖子便告诉他，并且把船票从腰间青布钱搭子里摸出来，送他看。茶房于是又逐一询问别的客。

最后，这茶房便宣告了，脸向着门外的同伙，高声的，纯熟得也像一个牧师念圣经，朗朗地嚷道：

"八个，三个和二个，四个，一个，……大大小小共统二十二个。"说完了，他又非常得意的嬉笑着，把两只碗相碰了一下。站在门外的那同伙，便如数的把碗递进来给他。

这真是可惊的事！完全出我意外的，除了我自己，我才知道这安置着十二架床铺而不得容足的舱中，竟然还住着二十一个人！二十一个人……

"我的天！"我真要这样地叹息了。

因为有了灯光，这舱中便显出昏昏的，比较不怎样的黑暗了，那胖子的家属——用花布包头的宛如年青的麻阳婆，两个中应有一个是他的堂客罢，——就开始慌慌张张的，急急地把一张灰色的线毡打开，用绳子捆在床前的柱头上，作为幔帐，也像恐怕他们的样子给别人瞧见了，是一种重大的损失和祸害似的。然而这举动正合她丈夫的心怀，所以那胖子便笑嘻嘻的，傲然地得意着，并且不惮烦地把饭碗和筷子，从线毡的边缝间塞了进去。

当茶房把饭碗半丢式的放到我床上来，那碗座，便在我白色的棉被上留下永远的油质圆圈了。这个碗，是白地兰花，粗糙而且古板，看着会使人联想起"三寸金莲"和发辫子这一类东西，却密密地缺着口，里和面全满着腻腻的油泥。

"喂！换一个。"我说。

"一个样……"

茶房的这答话真是忠实，换到的碗的确缺口缺得更多了。

"真没有办法！……"我想；然而我还得担忧着，细想唇儿应当怎样的小心，到吃饭时才不致给缺的碗边给拉破了，流出血来。

和这碗同样恼人的，还有头尾一样四四方方的竹筷了。这筷子是当着我眼前，曾经在茶房那粗壮而且长满黑毛的大腿上刮过痒的；因为当他预备把这筷子丢给我的时候，也不知是蚊子还是别种有毒的虫儿正在他的腿上咬着，使他惊跳了起来。

在这样的境遇中，虽然有点饿，我也只能够空着饭碗，眼看这舱中的客——他们每个人都快乐的谈笑着，一面又匆匆忙忙，饿馋馋的大口大口地吞下那不洁的饭和菜……然而这些人，他们所用的碗筷不就是和我一个样的么？其中，我尤其不能不佩服到那胖子，像他那样笑嘻嘻的，接连着从灰色的线毡边缝间把饭一碗又一碗的送进去，一面还赞颂一般的说：

"多吃些啰！饭还香，菜的味儿也好。……"

大约是不很久罢，这些人便吃饱了，每个人又躺下去，大家勾搭着说一些闲话。但不久，这说话的声音就慢慢地减少了，熟睡的鼾声接连着不断地响起来。

于是，在昏昏的灯光里面，那个不容人看见的用兰花布缠着的头，忽然从灰色的毡子里钻了出来，一个完全女人的身体就出现了。她怯怯地向四周看望，鬼鬼祟祟的，低声呼唤另一个在毡子里的女人。这两个人便互相谦让了一会儿，结果先钻出来的那个，便蹲在木盆上面，袒白的，毫无忌惮的完全显露了凡是女人都非常保重和秘密的那部分；一种水声便响着，和那复杂而又单调的鼾声混合了。接着后出现的那女人便同样的又表演了一次。这小小空间所充满的臭气，于是又增进了奇怪的一种新鲜的伙伴。她们俩经过了商商量量，轻笑着，低语着，挨挨擦擦的并肩走去，就把木盆里面的东西在舱门边倒了出去，然而那一半却流到舱里来了。

第二天天亮之后，这两个女人却又始终不肯露面的躲在毡子里，吃饭又得那胖子一碗一碗地从边缝间送进去。……

啊！从常德到汉口去，在这小小的旅途中，我是纯粹的在这种苦恼中沉溺！